开学第一课

依据国家教育部和中央电视台

联合主办的《开学第一课》活动

"我爱你，中国！"主题拓展原创版

当爱遇上爱

中央电视台《开学第一课》编写组 编

时代文艺出版社

图书在版编目（CIP）数据

当爱遇上爱 / 中央电视台《开学第一课》编写组编.—2版.
—长春：时代文艺出版社，2016.1（2023.7重印）
（开学第一课）
ISBN 978-7-5387-4939-7

Ⅰ.①当… Ⅱ.①中… Ⅲ.①中国文学—当代文学—作品综合集 Ⅳ.①I217.1

中国版本图书馆CIP数据核字（2015）第257189号

出 品 人　陈　琛
责任编辑　刘瑀婷
助理编辑　史　航
装帧设计　孙　利
排版制作　隋淑凤

当爱遇上爱

中央电视台《开学第一课》编写组 编

出版发行 / 时代文艺出版社
地址 / 长春市福祉大路5788号　龙腾国际大厦A座15层　邮编 / 130118
总编办 / 0431-81629751　发行部 / 0431-81629755
官方微博 / weibo.com / tlapress　天猫旗舰店 / sdwycbsgf.tmall.com
印刷 / 北京市一鑫印务有限公司
开本 / 710mm×1000mm　1 / 16　字数 / 120千字　印张 / 12
版次 / 2016年1月第2版　印次 / 2023年7月第3次印刷　定价 / 36.00元

图书如有印装错误　请寄回印厂调换

敬启
　　书中某些作品因地址不详，未能与作者及时取得联系，在此深表歉意。敬请作者见到本书后，通过以下方式与我们联系，我们将按国家规定支付稿酬并赠送样书。
　　E-mail：azxz2011@yahoo.com.cn

《开学第一课》编委会

编委会主任：韩　青　许文广

主　编：许文广

副主编：卢小波

编　委：张雪梅　骆幼伟　张　燕　吴继红

　　　　悠　然　冰　岩　王　佩　王　青

　　　　静　儿　刘　歌　刘　斌　李　萍

　　　　一　豪　明媚三月　大　路　邓淑杰

　　　　李天卿　曾艳纯　郜玉乐　孟　婧

《开学第一课》的价值

有人问我，《开学第一课》的价值体现在什么地方？我认为最重要的就是全社会希望并通过我们传递出来的价值观。多元是时代进步的标志，我们尊重不同的声音和价值理念，但是作为教育部和中央电视台联手举办的一项公益活动，我们要传递的是主流的、与时俱进又符合中华文明传统的价值观。

在2008年，我们通过《开学第一课》传递了抗震精神和奥运精神；2009年正值新中国60周年华诞，我们在象征着民族精神的长城，为孩子们播撒下爱的种子；2010年，我们告诉孩子们，一个拥有梦想的民族，一个不断仰望星空的民族，就是拥有未来的民族，人生的每一个阶段都需要梦想的指引、坚持和探索，而每个人的梦想汇集起来就可能成为国家的梦想、民族的梦想。

举办《开学第一课》三年来，我个人也有一个梦想，我梦想这项目光远大、朝气蓬勃的公益活动能够坚持举办十年，让它给这一代孩子的成长提供正面的、积极向上的力量，这就是《开学第一课》的意义所在。

我希望全社会的力量汇集起来，给孩子们一种价值观的教育，中央电视台愿意承担使命，连同教育部把这项公益活动做好。我们也欢迎全社会各界积极参与、支持，从出版、纸媒、网络、志愿行动、慈善事业等各个方面，加入到这个追逐共同梦想、打造恒久价值的公益活动中来。

由此，我亦十分高兴地看到《开学第一课》系列丛书的出版，我相信时代文艺出版社正是基于我们共同的理想，以出版的力量为孩子们的未来创造了更丰富的阅读食粮，为《开学第一课》的精神理念提供了更多样的传递方式。

中央电视台　许文广

目 录

001

第三部分　醉心诗

第四部分　转动生活大圆筒

003

目录

第七部分　两行脚印齐步走

第八部分　骑鹅去旅行

005

第一部分

月光下的情思

　　书页上洒满了灯光，像是满纸的目光。此时此刻，我的内心充满了愧疚。只有妈妈，永远悄无声息地用她的目光呵护着自己的女儿。我知道，即使长大以后，也离不开妈妈那一道永远的目光。

——胡桐《有一道目光》

爱的距离

马 一

两年前的一天晚上，爸爸妈妈去探望生病的梁叔叔，嘱咐我在家认真写作业，并且破例答应我写完了作业可以看电视。我暗自高兴终于自由了，便爽快地答应了。

作业很快写好了，我飞快地打开电视，打开DVD，打开空调，心里希望爸爸妈妈尽量迟一点儿回来，因为他们一到家，我就得睡觉了。

然而，就在我看到最精彩的地方时，突然停电了。我本来就是很胆小的人，爸爸妈妈出去后，我还特地把门上了两道保险。之前忙着写作业、看碟片，还没想到害怕，现在突然漆黑一片，我吓得哭了起来。

我像只没头的苍蝇一样在家里乱窜，胡乱地翻着家里的抽屉，希望能找到打火机和蜡烛。我第一时间冲到电话旁，气急败坏地给妈妈打电话，妈妈一向好听的声音立刻走样了，她着急地说："你坐着别动，我和爸爸就到家了！"

我心里想，梁叔叔家离我家那么远，骑车最起码得十五分钟，怎么可能"就到"呢？我像傻子一样坐在沙发上，害怕得身体不停地发抖，平时听过、看过的关于鬼怪的故事一个劲儿地往我头脑里钻。我的头皮越来越紧。

就在这时，我听到楼道里响起了急促而忙乱的脚步声。我冲到门口，听到是妈妈的声音时，便飞快地打开保险，一下子拽开了门。当妈妈搂着我时，我的心才恢复了平静。后来我看了看电话记录，发现从我打电话到爸爸妈妈到家，只有六分钟。我的心里很感动：爱，让距离变短了。

"哥哥的同学来吃饭"

胡佳侠

我家有四口人，我和哥哥都还在读书。哥哥读高中，在学校住宿，一个星期回来一次。爸爸下岗了，我们全家的生活只靠妈妈一个人的收入维持着，所以我们一家很节俭，平时饭桌上难得见荤腥，只有周末哥哥回家，我们才能吃上肉。

星期三下午，我放学回到家，就看到爸爸在厨房里忙碌着。我觉得很奇怪，走进厨房一看，哇！有鱼，有肉，还有我和哥哥爱吃的乳猪脚，馋得我直流口水。我兴奋地问爸爸："爸，今天是什么好日子，怎么做这么多好吃的菜？"爸爸说："今天你哥的同学要来家里吃饭。"

哦，原来如此。后来妈妈下班回来了，也感到很意外，知道原因后，赶紧麻利地拖起了地板，把家里收拾得干干净净。每次有客人来，妈妈都是这样，她非常注重维护家庭形象。

爸爸搬出了折叠圆桌，用热抹布擦拭后，端上了丰盛的菜肴，还倒了半杯酒。现在万事俱备，只差哥哥和同学了。我迫不及待地想要吃，心里盼望着哥哥快点儿回来。就在我焦急难耐时，听到门锁哗啦响动的声音，哥哥一个人傻笑着出现在门口，我和爸爸、妈妈异口同声地问："你的同学呢？"哥哥傻笑了几声，回答说："没有同学！"爸爸妈妈听了，都感到很失落。爸爸正要发作，哥哥又发话了："老爸，今天可是您的生日啊。""生日快乐！"我急忙补了一句。

这一顿饭，我们一家人吃得温暖如春，爸爸还喝醉了呢！

（指导教师：熊芳）

有一道目光

胡　桐

书房，静极了。

台灯亮着，课外书静静地摊开着。我闭上了眼睛，感觉总有一道目光直直地望着我，我的心便无端地烦躁起来。前几天的QQ聊天情景又一一浮现在了眼前——

为你变乖：今天真无聊！

梧桐树：是的，我们谈些什么呢？

为你变乖：最近看什么书哩？

梧桐树：《青铜葵花》，里面的语言可美啦！

为你变乖：是的，我三年级就看完了，很不错的。

……

咔嚓——主机电源被强行关闭，显示屏一片漆黑。我悻悻的，但还是硬着头皮捡起那一本《同学少年》。而我的心里却火冒三丈，可恶，难得的假日，难道还要像小偷被抓了现行似的？我在心里只恨自己为什么没有听见妈妈开门的声音。原本每一次她都会先叫我一声的，可这一次莫非练成了轻功？

"又在上网聊天了！"又是一阵呵斥声。不用说，一抬头就撞见了老妈喷火的目光，我见状，连忙用书本来隔开，遮在了头上，可谓一书障目，大家安全嘛！

老妈见了，并没有罢休，而是动用了武力，招式叫"反手巴掌"，这是妈妈的绝招，已经练得炉火纯青，出其不意，来势如风，杀伤力五星级。无奈之下，我便用书本一挡。尽管妈妈的巴掌落在了书本上，但还是感觉来势汹汹，脸上火辣辣的。

于是我犟了一句："你打吧，让你打个够，打个解气！"这一招可真管用，把老妈给吓傻了，巴掌半天没有打下来，她浑身抖动着，大喊："还敢顶嘴？那好，给我滚出去！"然后，一个"仙人指路"，用食指直指大门。

"走就走！"我气愤地说，然后头也不抬地走出了家门。

正值夏天，太阳好像在惩罚我，空气很不通畅，像是带着一种讥讽的味道。我魂不守舍地走着，心中的思绪始终平静不下来，回想起刚才的那一幕，我不禁打了一个寒战。

屋外的烈日照得人无处躲藏，盛夏是让人生畏的季节。

幸好有梧桐树陪伴着我，我才不寂寞。

不知不觉已临近中午，太阳更加毒辣了。我的肚子开始提出抗议了，但我有什么办法？只能是吞口水的份了。正当我准备向家里走去并向妈妈道歉时，我突然发现了一个熟悉的身影，是妈妈！她变得温柔了，只是轻轻地说了一声："吃饭了！"便走了。

我突然有一种冲动，想让自己痛快地哭上一场……

书页上洒满了灯光，像是满纸的目光。此时此刻，我的内心充满了愧疚。只有妈妈，永远悄无声息地用她的目光呵护着自己的女儿。我知道，即使长大以后，也离不开妈妈那一道永远的目光。

（指导教师：胡文杰）

姥姥，您真了不起

常昊一

生活中让我敬佩的人很多，可是最让我敬佩的人却是我的姥姥，因为我的姥姥已经六十多岁了，还要无微不至地伺候我的太姥。我的太姥已经八十多岁了。

太姥得了脑血栓后遗症。刚发病时连坐都坐不住，现在经过姥姥的精心护理，太姥不但能走了，而且精神状态也很好。姥姥每天都要扶着我太姥下楼练习走路，姥姥担心太姥摔倒，所以得时刻搀扶着太姥，从来没有懈怠过。有时姥姥把手臂都累酸了，可一看到太姥气色好了，就觉得再苦再累也值得。有时太姥走累了，姥姥就将随身携带的折叠椅打开让太姥坐下休息，可姥姥从来不敢大意，总是守护在太姥身旁。

记得有一次，我去姥姥家串门，一进门我就闻到一股刺鼻的气味。原来是太姥大小便失禁，弄得浑身都是脏物。姥姥正给太姥洗裤子呢，连我进屋姥姥都没发现。我便对姥姥说："连我来您都没看见，这屋里都能熏死人了，您还……"姥姥笑呵呵地说："我正在给你太姥洗裤子，哪顾得上你呢！先出去玩儿一会儿吧！"我说："太姥的裤子又脏又臭，洗它干什么？干脆扔掉算了！"

我的话音刚落，就见姥姥变得严肃起来，带着几分不满说："孝敬长辈是应该的，你也应该孝敬你的妈妈。"我听了只觉得心里热乎乎的，脸一下子红了。心想：我长大了也要像姥姥那样孝敬父母。

我的姥姥虽是一位平凡的人，可她的身上却有许多不平凡的地方。

（指导教师：姜广生）

永远的避风港

周晓璇

父爱给了心灵更多成长的力量，给了生命更多感动的理由。

——题记

人们常说"母爱似海，父爱如山"，母爱深情而清澈，父爱坚实而深沉。依我看，母爱是一杯甜甜的蜂蜜水，父爱则是一杯淡淡的清茶。在我的记忆中，爸爸总是很忙很忙。为了事业，为了家庭，爸爸挺拔的顶梁柱不知经历了多少时间的冲刷、风雨的洗礼。时光流逝，这昔日光滑的躯干变得好粗糙、好粗糙。

很小很小的时候，爸爸是我玩耍的好伙伴。每当爸爸酣睡时，我总会不失时机地轻捏一下他的鼻子，当他被我逗醒时，就会毫不客气地张开大手抓我。"哧溜"一下，我像一只光滑的小泥鳅一样挣脱了，在床上淘气地撒欢蹦跳。我一会儿坐到爸爸背上骑大马，一会儿又拽着爸爸的衣角央求着折纸飞机，边飞着还不忘给纸飞机配上"自制"的汽笛声。小时候的我幼稚地认为，谁也别想用玩具把爸爸交换，爸爸花多少钱也买不来，他是最好的玩伴。

刚上学时，爸爸又成了我最亲爱的"老师"。那时我最喜欢爸爸讲故事给我听。爸爸拿着一本带彩图的注音故事书，全神贯注地讲，我在旁边用手撑着脑袋，若有所思地听，在充满神奇色彩的童话王国里，静静地畅想。正是父爱的熏陶，使我结识了"书籍"这位朋友。有时候，我还会把新学的舞蹈动作展示给爸爸，他那欣慰的目光、愉快的微笑，让我永远不能忘记。在那时的我看来，爸爸不仅是一本"百科全书"，还是我最忠实的观众。

现在，我已经是一名小学六年级的学生了。烦恼也随着年龄的增长而多了起来，这时，爸爸又变身成为我的知心朋友。记得有一次，我和好朋友闹别扭，双方冷战了好几天，关系闹得很僵。我第一时间把这件烦心事告诉了爸爸，爸爸对我说："首先，你应该换位思考一下，从对方的角度出发，你会怎样看待此事？其次，再周全地想一想，事情闹成这样每个人都有责任，而不能单靠生气来解决。我们应该学会包容，学会接纳，学会理解他人。退一步海阔天空，不是吗？"我心中立刻豁然开朗，所有的不快云消雾散了。

爸爸啊，您真是我永远的避风港。

（指导教师：黄玉荣）

我爱"懒"爸爸

于婷

"我有一个懒爸爸，懒爸爸。家务活儿从不做……"爸爸不爱做家务，家里的事很少插手。这是我自己创作的帮着妈妈攻击爸爸的歌曲。可最近，我却对爸爸的"懒"佩服得"五体投地"。

上个月，妈妈外出开会一周，我暗暗叫苦，爸爸懒得出奇，这下，我的日子可怎么过。可转念一想，爸爸平时最疼我了，会照顾好我的。早晨起床我照例先喊："拿袜子、毛衣、毛裤……"我坐在床上足足等了五分钟，可爸爸好像没有听到我的话一样无动于衷，气得我哇哇直叫。只见爸爸一会儿拿起报纸不紧不慢地看两眼，一会儿又拿起遥控器，心不在焉地胡乱调换着电视频道，嘴里还不停地唠叨着："天气预报说了，今天有风，要多穿衣服……"爸爸根本不扫我一眼。"哼！不就是懒嘛！"一气之下，我只好自己动手了，我三下两下穿好了衣服，拿起面包上学了。这时爸爸疾步追出了门，我原以为他会对我说些什么，可听到的却是："放学回来自己去食堂买饭，晚上我有事。"听了这话，我的气更是不打一处来，不知不觉地想起了妈妈，要是她在家，准保一包到底，世上只有妈妈好呀！想着想着，眼泪不禁扑簌扑簌地流下来。于是，一天、两天、三天……我渐渐地被爸爸的"懒"降服，每天早晨穿衣、叠被……样样自己来做，再也不指望爸爸了。

一周后，妈妈终于回来了，惊讶地发现了我的这个改变，欣喜若狂地对我说："宝贝，几天不见，真是刮目相看啊！"我望着妈妈，正打算把一肚子的苦水倒出来，爸爸却在一旁若无其事地说："女儿长大了，懂事了，当然学会自己的事情自己干了。"嘿！老爸这葫芦里到底卖的什么药。我瞥了老爸一眼，发现老爸正得意地哼着小曲，边唱边乐呢！

我终于明白，正是爸爸的"懒"教会了我如何自立。我爱我的"懒"爸爸！

（指导教师：刘丽丽）

第一部分 月光下的情思

009

爸爸笑了

贾 晓

我的习作终于发表了。我几乎一路小跑飞奔回家，想把这个好消息告诉爸爸妈妈。

推开家门，浓浓的酒味立即包围了我，爸爸又喝酒了？我捏住鼻孔，推开爸爸卧室的门将头探了进去，一股让人作呕的酒气立即迎面扑来。只见爸爸躺在椅子上，双眼微闭，鼻孔里发出轻轻的"哼哼"声。

爸爸看见我回来了，对我笑了笑，没说什么。

一向厌恶酒气的我赶忙将头缩了回来，向后退了几步，并将爸爸的卧室门关得严严的。

我飞奔回自己的卧室，锁上门，翻开我心爱的小说。这时我听到爸爸跟跟跄跄走出卧室呕吐、呻吟的声音。

我想去帮爸爸，可又讨厌那酒味，讨厌那不知道戒酒的爸爸。

就在此时，我的心被吸入时光隧道，回到了从前。

看，那是刚出生的我，趴在爸爸背上，尿湿了爸爸的衣服，还"咯咯"地笑着；那是刚学会走路的我，坐在爸爸腿上，嚼着可口的饭菜，望着墙上的海报；那是生病时的我，乏力地躺在床上，爸爸抚摸着我的额头，风趣地说："宝贝，一定会好的，一觉醒来，啥事都没了，睡吧。"那是考试不理想的我，心灰意冷、泪流满面，爸爸坐在椅子上，拿着铅笔，认真地帮我分析出错的原因……

沉思许久，我缓缓回过神儿来……

我走到爸爸身边，拿出热毛巾，小心翼翼地放在爸爸额头上，像爸爸照顾我的时候一样小心。又拿出被子，轻轻地盖在爸爸身上。

我坐在床上，静静地望着、守候着、照顾着，不知不觉中，进入了梦乡。

不知过了多久，我睁开眼睛时，眼前出现了一张熟悉的面孔——爸爸的笑脸。

爸爸带着久违了的笑容，抚摸着我的脑袋，说："晓，你已经长大了，真的长大了！"

看着爸爸嘴角熟悉又陌生的笑容，我的心酸酸的，三年了，已经三年了！爸爸从没这样笑过。可今天，爸爸笑了！爸爸终于笑了！

这时，月亮悄悄地爬了出来，微笑着，看着这一切……

（指导教师：焦月鹏）

第一部分 月光下的情思

妈妈，我想对您说

孙雪梅

妈妈，今天是您的生日，我要深情地喊您一声：妈妈！

妈妈，您太平凡了，您就是一位普普通通的农村妇女，您既没有什么豪言壮语，也没有什么传奇的故事。您对我的爱啊，就像是细细的春雨，总是悄无声息地滋润着我幼小的心灵……

妈妈，请您不要责怪女儿的粗心，虽然现在我记不起您有什么特别的事情来，可是我清楚地记得和您一起生活的每一个日日夜夜。一想起这些，我的心中就会涌出一股暖流，充满了温暖，充满了激动、快乐、幸福。我深深地知道，您离不开我，我更离不开您。我爱您，您更爱我……

妈妈，我还记得，小时候的我身体不太好，冬、夏两季，我总爱生病，是您常常抱着我奔走在去医院的崎岖的山路上。严寒的深冬啊，寒风如野兽般嘶吼，您却抱着我，在清冷的星辉下留下长长的身影；酷热的盛夏啊，烈日似大火般燃烧，您却抱着我，在飞扬的尘土中洒下焦急而滚烫的汗水……

妈妈，是您，是您的爱让我强健起来。

妈妈，现在的我啊，已经长大，虽然现在还不能报答您的养育之恩，但是请您不要再过多地为我操心。妈妈，请您不要站在烈日下，不要站在狂风中，不要站在暴雨里，不要站在校门口。我不要看见您满是汗水的脸，虽然我从中读出了微笑与期待；我不要看见您满是泥土的脸，虽然我从中读出了坚定与力量；我不要看见您满是灰尘的脸，虽然我从中读出了满足与幸福。妈妈，请您不要再为我摇扇驱蚊，那份清凉已透彻心扉，我早已不能忘记；妈妈，请您不要再为我添衣加被，那份温暖已深入骨髓，我早已不能忽略……

妈妈，现在的我啊，已经慢慢长大。我自己的事就让我自己做吧，老师说过，不经历风雨就不能见彩虹。妈妈，让我在风雨中成长吧！妈妈，您不要太劳累了，您也需要好好地休息。妈妈，我要看见您的幸福与快乐，我要看见您的健康与美丽……

我爱您，妈妈！

（指导教师：刘春梅）

我有一个"三味"妈妈

陈 敏

我有一个有三种"味道"的妈妈。妈妈又不是巧克力或是糖块，还会有多种味道？是呀，妈妈是有血有肉的人，自然有多种味道了。它们分别是：辣味妈妈、柔味妈妈、苦味妈妈。下面我就给大家介绍介绍吧！

"辣味妈妈"

我的妈妈平时显得很温柔，可一旦她生气了，那样子是非常可怕、辣味十足的。平常我英语考试成绩都不错，一般都在九十分以上。可是有一次，我英语考试只考了七十多分，回到家后，我就不想告诉妈妈考得这样烂。

可妈妈是"火眼金睛"，一眼就看穿了我的心事。问我说："你怎么啦？是不是考砸了？"我低着头对她说："是……"妈妈又问："考了多少分呀？"我说："英语……考了……七十五分。"妈妈提高嗓门，大声说："你怎么搞的呀？那二十五分让狗给叼走了？"就这样，妈妈劈头盖脸地说了我一顿。我看她那生气的样儿，活像河东怒狮。看来，妈妈发起火来，辣比四川火锅。

"柔味妈妈"

我的妈妈非常疼我。记得有一次，我和小朋友们玩捉迷藏时不小心划破了脚。妈妈给我的伤口作简单处理后，二话没说就背起我往医院赶。我趴在妈妈的背上，感觉到汗水已经湿透了妈妈的衣服。在医院里，妈妈又是挂号，又是找大夫，又是买药，楼上楼下不知跑了多少趟。

回到家里，妈妈又没日没夜地照看我，换着口味儿为我补充营养，每当我看到她的黑眼圈，就感到眼睛里潮乎乎的，心里暖洋洋的。妈妈多温柔呀，与发火的妈妈简直判若两人！

"苦味妈妈"

这个柔、辣相融的妈妈，在饮食上却很特别，她非常爱吃"苦"的，什么苦瓜、柚子，还有苦杏仁、苦野菜。就说每年春天一来，妈妈隔三岔五准会到集市上去买一兜苣荬菜，而且她吃苣荬菜从来不蘸酱，还吃得津津有味。

对了，到了夏天，妈妈特爱吃苦瓜，经常是热炒加凉拌。有时候，我就打趣她说："您不是食肉动物，而是食草动物吧……怎么跟小白兔似的呢？"我之所以叫她"苦味妈妈"，原因也就在这儿。

无论妈妈是辣还是柔，或是喜欢食苦，这些都是妈妈的本色。这诸多的本色原味，显示了一个立体、真实而又自然的妈妈形象。如果你想认识她，就请来我家做客吧。

015

（指导教师：傅秀宏）

爱的风景线

符一尘

就在那个夜晚，我在外补习完英语，已是八点半了，妈妈接了我就拉着我的手跑。

路上，我不停地问："妈妈，到哪儿去呀？干吗呀？爸爸呢？他怎么不去呀？到底怎么回事儿？"也许，我问得太多了，也许是妈妈内心不畅快的原因，妈妈变得越来越烦躁不安，用手打了我屁股一下："问什么问！跟我走就行了！"妈妈的话过于严厉，把我给吓着了，我不知道发生了什么，不由得大声哭了起来，不停地喊妈妈，那哭声在黑夜里传出很远很远……妈妈并没有像往常那样安慰我，而是拖着我一路小跑。

不知不觉，我们已经跨进了医院的大门。接着，一股强烈的药味冲进鼻孔，我们仍然快步跑着，奔向病房。一进病房，妈妈马上换了副脸色，微笑重新浮现在脸上。

循着妈妈的目光看去，我看见了爸爸，脸色煞白的爸爸。他的右手已被纱布包裹起来，纱布上还在渗着血，猩红得让人触目惊心，虽然无法揣测其中的伤势，但足以让人惊恐不安。

"怎么回事呀？"爱之心切，妈妈的声音都有些变了。

"今天打篮球，正在争抢的时候，一位老师撞上了我，把我的肉都给剜了，指甲都分离了……"爸爸撇撇嘴。

"那疼吗？"妈妈急了。

"有点儿疼。"爸爸一向给我刚毅的感觉，没想到也会呼痛，看来十指连心哪。

"我给你揉揉吧！"我从妈妈的眼神里读到了爱。妈妈边说边揉着爸爸的手，不时地吹气，仿佛照顾小孩那样细心。

明天，爸爸还得开家长会，稿子还没写完，妈妈又说："稿子我写，你说我写。”

爸爸一个字一个字地念着，妈妈一个字一个字地写着，配合得好极了！爸爸有时会停顿一会儿，大概是疼痛难忍吧，又或许在等妈妈慢慢写吧，看着妈妈的眼神里全是怜爱。爸爸、妈妈构成了一道美丽的风景……

世间往往因为有爱，而变得精彩起来。

一瞬间，我深深地被感动了……

第一部分 月光下的情思

永远的"暖脚袋"

叶亨怡

冬天，是冬天了。

天气好冷，冷得让人打战，冷得让人牙齿咯咯响。

在这样的冷空气里，我最愿意待在被窝里。因为，那儿不仅有可以隔离冷空气的厚厚棉被，还有一个更温暖的源泉——妈妈。

虽是冬天，但我仍喜欢赤脚在地板上走。把拖鞋甩掉，把袜子脱掉，就这样赤足奔跑行走在冷硬的地板上。我的双脚本是暖和的，却因地板的冰凉而消却了原有的温度。

每当此时，我就会跳到床上，钻进被窝，把脚放在那个温暖的身体上。这时，就会有一声夸张而不大声的叫喊响起："哎哟——你怎么不穿袜子啊？！这么冷的天！你，你，你还把脚放在你娘的身上！我不冷啊？啊？！"虽是批评，但语气却是一派慈和。

我偷笑一声，把身子换个姿势，脚却依旧赖在妈妈温暖的身子上。妈妈也不生气，用手轻轻刮一下我的鼻子，责备似的说："你呀！"

我抿抿嘴，笑意不觉流淌在脸上。

脚很快被暖暖了，但我仍不肯将它们移至别处，还是让它们像无赖似的赖在那个像太阳一样温暖的地方——直至妈妈轻轻地掀起被子离开。

那只是在睡前暂时的"暖脚袋"，但温暖却不是暂时的。漫漫长夜，甚至是第二天起来，无论是被窝还是身子，都暖暖的。

这个"暖脚袋"，以前有，现在有，将来也一定会有！

永远的"暖脚袋"，永远的爱！

（指导教师：胡文杰）

嗑 瓜 子

王钊洋

　　小的时候，我爱吃瓜子，但是我不会嗑，只能踮着脚尖，用小手抓一小把，走到妈妈面前，把瓜子放在妈妈手中，要妈妈帮我嗑。而妈妈不在家时，我也只能眼巴巴地望着瓜子，因为我只会把瓜子连壳嚼得粉碎。

　　妈妈将一粒瓜子放在上门牙和下门牙之间，轻轻一咬，只听"咔"的一声，瓜子便张开了"嘴"，然后继续往瓜子后面咬，再把瓜子壳掰开，取出里面的瓜子仁，轻轻放在我张得大大的嘴巴里，继续为我嗑第二粒、第三粒瓜子……而我却总是贪婪地吃着，似乎从来没有想过要自己嗑一粒瓜子。

　　随着年龄的增长，小时候的事情有些模模糊糊，不太记得了！自然也不经常吃瓜子了。直到有一次，全家人一起去商场，妈妈看见瓜子似乎想到了什么，便买了一罐。回到家里，妈妈把手伸进装瓜子的罐子里，抓了一大把开始嗑了起来。我突然觉得眼前的一幕好像在梦里见过：妈妈将一粒瓜子放在上门牙和下门牙之间，轻轻一咬，只听"咔"的一声，瓜子便张开了"嘴"，妈妈把瓜子壳掰开，把里面的瓜子仁取出来……我若有所思，以前的情景历历在目。

　　妈妈微笑着说："小时候啊！我也是这样嗑瓜子给你吃的。那时候你还小，在沙发上晃着两只脚，向我要瓜子吃！"妈妈张嘴示意我，我微微张开嘴，妈妈便往我嘴里塞了一粒瓜子。我猛地想起，那我又什么时候为妈妈嗑过瓜子呢？哪怕是嗑一粒，都没有过。我的喉咙像堵了什么东西似的，什么话也说不出。

　　我拿起一粒瓜子，放在上门牙和下门牙之间，轻轻一咬，把瓜子仁取出来，放进妈妈嘴中……

（指导教师：陈伯强）

019

第一部分 月光下的情思

家庭风波

张婷婷

"花喜鹊，尾巴长，娶了媳妇不要娘。"中午放学回家，我看见院子里那棵枣树上的两只花喜鹊正"喳喳"欢叫，儿时的歌谣脱口而出。"不准唱，再唱我给你两巴掌！"唉，一时不慎说在了妈妈的心病上。

妈妈和奶奶就像反贴的门神——不对脸。前段时间，她们发生了口角，奶奶便搬到村头闲置的小屋里，另起炉灶单过了。这几天，奶奶的腰疼病又犯了，非常需要人照顾，但她们的矛盾还没解决，没办法，我和爸爸只能偷偷地去照看奶奶。

妈妈说我，我嘴上没说什么，心里却很不服：您可以不让我唱歌谣，但一定要对奶奶好，不然，我偏要唱给您听。敬老的道理，我回来讲了好多次，可您就是不"开窍"，我恐怕是嘴上抹石灰——白说了。

我匆匆地吃完午饭，偷偷地带着妈妈给我煮的两个鸡蛋，悄悄地来到奶奶住的地方。奶奶身体不好，中午还没有做饭，正躺在床上休息。我把热乎乎的鸡蛋放在奶奶手里，她慢慢地睁开布满血丝的双眼，哽咽着说："好孩子，以后别再这样了，让你妈知道了不好！""奶奶，您吃吧，我妈不会知道的。""谁说我不知道？"这不是妈妈的声音吗？我扭头一看，果然是她。我心想，肯定得挨训了！可出乎意料，妈妈十分和蔼地对我说："好孩子，我得向你学习呀！"我惊讶万分，妈妈怎么变了？

这突如其来的场面也让奶奶丈二和尚——摸不着头脑了。妈妈快步走到奶奶床前，伸手拉住她干瘪、粗糙、布满老茧的手说："妈，别生我气了，以前都是我不好。您搬回来和我们一起住吧！"奶奶听罢，激动得说不出话来，浑浊的泪水像断了线的珠子落到饱经沧桑的脸上……不知什么时候，爸爸从田间回来，也来到小屋，看到眼前的一幕，情不自禁地说："家和万事兴啊！"

奶奶在妈妈的搀扶下，小心翼翼地朝家的方向走去。我和爸爸搬着奶奶的铺盖和炊具紧跟其后，正在吃饭的左邻右舍听说妈妈和奶奶和好了，纷纷拥到我家表示祝贺。此刻，两只喜鹊还在老枣树上叫个不停，爱的暖流充满了我们的家。

（指导教师：唐群生）

021

"WX"计划

张紫钰

　　"买花喽！一朵花代表一份心意，快来买呀……""玫瑰花，送给你最爱的人，新鲜漂亮的玫瑰花，五块钱一朵，……"啊，情人节，看到那娇艳鲜红的花朵，我不由得想起了我的爸爸妈妈。前几天，因为我的期中考试考砸了，妈妈要"女子单打"，爸爸不仅替我拦了下来，还带我去参加了一个朋友的聚会。没想到一位叔叔哪壶不开提哪壶，害得爸爸妈妈在席间就吵上了。这几天他们正在"冷战"呢。

　　既然爸爸妈妈是因为我而"开战"的，那我就有义不容辞的责任给他们"灭灭火"，可爸爸自认为自己很帅，帅哥难低头；妈妈是位大美女，自然"高昂着头"，怎么办？我眼珠一转，有了，对，就执行代号为"WX"的温馨计划。

　　晚上放学后，我模仿妈妈的字，在纸上写了："老公，是我错了，我很后悔，请你原谅！"我轻轻地放在爸爸书房的书桌上；然后又学着爸爸的笔迹写道："老婆，是我不对，我们和好吧！"可爸爸的字就是怪，怎么学也学不像，接连几张都不满意，我一拍脑袋，自言自语道："狗熊是怎么死的——真笨。"爸爸平时都是用电脑写文章，我何不用打字机呢。我用红色字体打了出来，再到楼下买来一支玫瑰花，放在妈妈的化妆台上。

　　不多一会儿，爸爸下班了，"爸爸，累了吧，到书房休息一下，我给你泡了杯热茶。""哟，丫头，太阳打西边出来啦，谢谢！"

　　"妈妈，外面风大，您的头发有点儿走形了，快去理理吧。"我接过妈妈的手包，笑嘻嘻地小声提醒道。"还是妈妈的小棉袄有用。"妈妈说。

　　看着他们进入了预定"轨道"，我得意地躲在过道里"监控"。果然，爸爸妈妈都出来了，爸爸用手挠着后脑勺子，嘿嘿直笑。妈妈头抬得老高，手却不由自主地指向爸爸的鼻子："我是一家之主，以后可得一切听我的。""嘿嘿。"我在一旁直咳嗽。

"我和爸爸去散步了，给你二十元钱，自己去买点喜欢吃的，余下的作为这次计划的奖励！"啊，他们怎么知道我这绝密的"WX"计划的呢？

（指导教师：陶德智）

"Family"

习莉媛

早晨，我在房间里温习英语。当复习到"Family"这个单词时，我想起了英语老师的话："f代表father（爸爸），a代表and（和），m代表mother（妈妈），i代表I（我），l代表love（爱），y代表you（你们），把这六个可爱的字母串在一起，就组成了一个令人倍感温馨的单词——Family（家庭）。"

看着"Family"这个单词，我的心底滚过一股暖流，三年前发生的那件事又浮现在眼前。

那是暑假的一天，爸爸妈妈带我去登华山。为了第二天早晨能够看到日出，我们决定晚上登山。

夜幕下，我们开始朝山上进发。起初是一段长长的坡路，虽不是很陡，但爬起来也挺费力气。爸爸在前面拉我，妈妈在后面推我，我才爬了上去。走完坡路，我们开始登台阶。爸爸走在最前面，妈妈紧紧拉住我。我不解地问他们，为什么要这样。爸爸边走边笑着说："怕上面的游客不小心跌下来，撞到我的宝贝女儿啊！"

到了北峰，天还没有放亮。我冷得浑身发抖。妈妈见了，笑着把我揽入怀里。不一会儿，我就感到浑身暖洋洋的。

太阳终于出来了，放射出万丈光芒。我坐在爸爸妈妈中间，欣赏着壮美的华山日出，感到无比的温暖……

我回味着英语老师的话，不禁大声喊起来："Family""Family""Family"心里也在大声喊着："Father and mother, I love you！（爸爸妈妈，我爱你们！）"

（指导教师：赵学潮）

妈妈病了以后

王 谕

怎么也没想到妈妈会病倒，还要做大手术。

去年冬天，雪很大，妈妈上街时不小心摔了一跤，感到腿很疼，没想到落下了病根儿。今年犯病了，看样子很严重。

妈妈在家里卧床休息了二十多天，病情仍不见减轻，疼痛反而加重了，只好再次到医院复查，大夫建议妈妈做手术，家人和她的同事、朋友们经过商量后决定去长春。可妈妈还是有点儿犹豫，我知道她是在担心我，我向妈妈做了保证，让她放心。我来到车站送妈妈，看着汽车开走，我的眼泪再也忍不住流了出来。我在心里为妈妈祈祷，愿她早日脱离病痛。

终于，十天后的中午，我接到了妈妈给我打来的电话，说今儿晚上就能到家了。我无法控制自己的情绪，在教室里欢呼起来，同学和老师得知这个消息后也为我高兴。好容易等到放学，我飞奔回家，一进屋却看见妈妈躺在床上不能动，我的眼泪又止不住了。我急了："为什么还不能起来，难道手术没有成功吗？"妈妈笑了，轻轻地摸着我的头，慢慢地说："儿子，不用担心，手术很成功，不过要休息一段时间才行。"于是，我就成了妈妈的勤务兵，为她端饭、倒水、洗脸，只要我能做的，我随叫随到。

大约过了一个月，妈妈可以试着下地活动了，我成了妈妈的拐杖，扶着妈妈慢慢行走。我看着妈妈在康复，妈妈看着我在长大。妈妈幸福的笑容又出现在脸上了，我的心里像吃了糖一样甜。

（指导教师：徐守文）

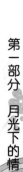

爱的历险记

姜　渝

"我爱你"，这普普通通的三个字，却浓缩了千言万语的爱。

你还记得吗？是谁在你失败的时候帮助你？是谁在你成功的时候提醒你？又是谁在你难过的时候安慰你？又是谁……没错，是他们——我们的父母。

今天布置家庭作业，张老师什么也没说，只是让我们回家后对疲惫的父母说声"我爱你"，再为他们做一件力所能及的事情。

吃过晚饭后，我就烧了一水壶的水，准备为妈妈洗脚。刚吃完饭的爷爷进厨房一看，就问我："姜渝，你烧这么多水干什么？""有用呗！"我故意压低了声音，并示意让爷爷声音小一点儿。一整壶水烧开当然要很久呀，我可不傻，就跑到客厅看电视去了。

"呼——呼——"，时间一分一秒地过去了，水壶里的水也烧开了。妈妈听见了，赶紧把水倒进了暖瓶里，并叫我用剩下的水洗脚。我一看："这么少一点水，怎么够给妈妈洗脚？"于是，我就又重烧了半壶水，我还故意开大了火，想让水快点热。我自己洗完脚后还以喝水为借口，等待时间……

"姜渝，你烧水干什么？"只听见厨房里传来妈妈大叫的声音。我赶紧跑过去，看到计划快要失败，心里忐忑不安。心想：怎么办？被妈妈发现了，可我又不好意思开口，怎么办，怎么办……我急得像热锅上的蚂蚁。透过妈妈的眼睛，我仿佛看到了我脸上发热，沁出了一滴滴的汗珠，大颗大颗的。我的身子好像也不由自主地开始发抖。最后，我终于支支吾吾地挤出了一句话："妈……妈……你洗脚吗？我……我帮你洗吧！"只见妈妈大吃一惊，对我说："你帮我洗脚呀！我还要看着你妹妹呢，不行呀！"听到这句话，我沮丧极了，觉得功亏一篑了。不行，我赶紧使出了必杀技——撒娇……妈妈终于"投降"了，乖乖地让我为她洗脚。

我吃力地提着水壶倒出水，调好水温，然后取下洗脚毛巾，为妈妈洗起了脚。我一边洗，一边听着妈妈给我讲洗脚要注意什么。其实我知道，妈妈这是在关心我，怕我不注意，用冷水洗脚……正当妈妈要进入房间睡觉时，我细声细气地说出了那句"外贸商品不合格——难出口"的话——"妈妈，我爱你！"妈妈一怔，又进入了房间。

深夜，一个小女孩，躲在被窝里，泪流满面……

（指导教师：张宁刚）

027

摇啊摇，摇到外婆桥

王冠兴

炎炎夏日里，一个欢蹦乱跳的七岁小男孩手捧着冷饮，在外公外婆的手臂间跑着、跳着，来回穿梭，后面是外公外婆不停地叮嘱："兴儿，你慢点儿，小心摔着呀！"多么幸福，多么快乐！我脑海中经常会浮现出这样温馨的画面。那个小男孩是谁?当然是我了。直到现在，我还依稀记得我七八岁时的生活情景。

我没见过我的爷爷，听爸爸说，爷爷很早就去世了。爸爸长得很像奶奶，可惜奶奶也在几年前离开了我们。从此，外婆就成了最宠爱我的人了。

外婆住在青铜峡镇，每次放假坐车去外婆家，摇啊摇，不知不觉就摇到了外婆家。外婆家住在黄河岸边，外婆经常领着我到河边游玩。有时她也会和我一样天真，玩扑克牌，每到这时，她总会捧出一大堆硬币分一半给我，还规定谁输了，谁就拿出一枚硬币给对方。我根本不会玩扑克牌，总是输。不过，我会耍赖，要是我赢了，外婆就不反悔，只是笑眯眯地不停地把她的硬币放在我面前。因此，每次从外婆家回来，我总能"赚"一笔，心里别提有多高兴了。

028

这浓浓的爱意筑成了我心中的那座桥——外婆桥，这座桥已经紧紧地把我和外公外婆连在了一起，无法分开。有一天，妈妈突然告诉我说外婆生了重病，要住院治疗。我惊呆了，在我的印象中，外婆一直是十分硬朗的，而且非常乐观。可现在竟病倒了。我恨不得长出一对翅膀立即飞到外婆跟前。

好不容易到了周末，我和爸妈一起开车前往医院。外婆躺在病床上，旁边是外公在守候着。看见了我，外公外婆脸上立即露出那熟悉的笑容。外婆温和地抚摸着我说："兴儿，我的心肝宝贝，来看外婆了，兴儿懂事了，知道疼外婆了……"刹那间，我明白了：我是外婆的心肝宝贝，外婆也是我的心肝宝贝！

临走时，我站在病房外，眼里噙着泪，心里默默地祈祷外婆早日康复，我默默给自己许下了一个心愿：在外婆有生之年，我一定要好好孝敬外婆！更重要的是，我要让我与外公外婆搭建的这座桥变得更加牢固，坚不可摧！

（指导教师：杨淑霞）

029

爷爷离开的日子

李雅丽

爷爷安详地走了，留给我们无尽的思念，特别是奶奶，一下子苍老了很多，也变了很多。

我发现奶奶的"爱说话""爱运动""爱看电视"这"三爱"都消失了，平时奶奶特别爱唠叨，现在是忙完家务就躲在房里，再也不和我们说笑了。以前每天傍晚她都和爷爷去老人会那边运动运动，那有很多专门为老人提供的器材，现在奶奶也不去了。《神机妙算刘伯温》是奶奶最爱看的电视节目，受她的影响，我们全家都喜欢看，可现在奶奶也不看了，我们看的时候，她依然躲在房里。

除了"三爱"消失了，我还经常看见奶奶的眼圈红红的，我知道奶奶是想爷爷了，爷爷的离开对她打击太大了。我向爸爸妈妈反映这一情况后，爸爸妈妈说也有同感，我们决心帮奶奶走出爷爷离开的阴影，任务主要由我完成。

那天吃完晚饭后，我和奶奶在厨房洗碗，我对奶奶说："奶奶，待会儿您要陪我去一个地方。"奶奶犹豫了一下说："去哪儿？"我调皮地说："去了您就知道了。"奶奶一直很疼爱我，我的话她当然不会反对。当我带她到老年会那里时，奶奶看了我一眼，有点吃惊。那里很热闹，也有很多奶奶相识的人，所以奶奶就边运动，边和她们聊天。我也边陪着运动，边观察奶奶。奶奶在与人搭话时经常露出点儿苦笑，不搭话时好像若有所思。不过回来时，我感觉奶奶的心情明显开朗了很多。回家后，我又缠着奶奶陪我看《神机妙算刘伯温》，奶奶拿我没办法，只好陪我了。感谢精彩的剧情，奶奶一下子就被吸引了。看着奶奶专注的神情，我偷偷地笑了。从那以后，我就陪奶奶运动、看电视，奶奶明显地开心了很多。

我发现放学回家时，经常看到奶奶的眼圈红红的。我想：一定是我上学，爸爸妈妈上班，奶奶没个伴，想爷爷了。怎么办呢？我忽然想到了一个办法，就利用双休日帮奶奶申请了一个QQ号，昵称是"菜农"，又耐心地教奶奶种菜、收菜、浇水、除草等，奶奶开始不愿意，但拗不过我，很快就学会了，也很快着迷了。现在我们全家的菜园都归她管着了。有一次，我们都在看电视，奶奶突然叫起来："哎呀，忘了！"原来她的菜熟了，看到她紧张地跑到电脑前忙碌着，我松了口气，知道自己的任务完成了。

爷爷，您在九泉之下就安心吧！您离开的日子里，奶奶不会孤单的，因为有我们呢。

（指导教师：李彩招）

半开的门

杨书琦

英语考试之后，因为成绩不理想，我和妈妈吵了一架，互相赌气，谁也不理谁了。

晚上，我回到家，随手拉了拉门，却没有拉开，我又使劲儿拉了几下，门还是关得死死的。我想："平时，妈妈在这个时候，早已半开着门等我了，今天怎么没有开呀！会不会是因为我和她吵了架，她不要我了？"我无奈地低着头，在楼道里绕了好几圈后，又去用力敲了敲门，可还是没人开。我失落地坐在楼梯的台阶上发愣。台阶冰凉刺骨，楼道里又黑乎乎的，害得我直冒冷汗。每隔一段时间，我就不由自主地扭头向后看一看，生怕有鬼来把我抓走。

这时，"吱"的一声，我们这单元的防盗门开了。我不由地一惊，像有十八只兔子在我心上乱蹦乱跳。一阵阵"嗒嗒嗒……"的高跟鞋发出的声音向我逼近，虽然我很害怕，但是好奇心驱使着我，想看看那是谁。是妈妈！妈妈看见我，立刻跑上来抱住我，并对我说："宝贝，你一定等我很久了，对不起，今天加班可以额外地得到一百元，刚才我用这一百元给你买了一件衣服……走，进屋穿穿，看合不合身。"我紧紧地抱着妈妈，泪水大滴大滴地掉下来："妈妈，今天你没开着门等我，我还以为你不要我了……"妈妈心疼地说："傻孩子，妈妈怎么会不要你呢？"

我现在明白了，半开的门是妈妈对我的等待，对我的爱，我应该爱她、感激她，而不是和她顶嘴、吵架……

（指导教师：吕寻）

沏 茶

李佳明

几天来，我一直准备给爸爸沏茶，说实在的，这还是第一次。

爸爸平时喝茶很简单，就喝花茶，所以不用费心思去挑挑选选了。我先把电水壶灌上水，再把它放到带电源的底座上，还没等插电呢，我的心就在肚子里七上八下地玩儿起了蹦蹦床，差点儿弹了出来。最后我鼓足勇气，终于把电源插上了。水很快就烧开了，尽管我很小心，但在我拿水壶的时候，滚烫滚烫的水还是故意溅出了一点儿吓唬我。幸好没溅到我的脚上，要不然我的脚就成了烧猪蹄了。

我先在放好茶的杯子里倒上半杯水，闷一闷，大约五分钟后，打开杯子盖，再续上水。这时，一股清爽的茶香随着滚滚的热气升腾起来，悄悄地钻进了我的鼻孔。我把沏好的茶慢慢地端到爸爸面前，恭恭敬敬地说："老爸，请用茶，品品儿子为您沏的茶。"他看看我，慢慢接过茶，轻轻地说："我看到了，你沏得不错。"我有些得意："当然喽。"爸爸眯上眼睛闻了闻，兴奋地说："这茶真香！"接着爸爸细细品了一口，眼睛先笑了，幸福地说："今天的茶好喝，真好喝！"

我听了心里美滋滋的，暖暖的，眼前茶香四溢，飘满小屋……

（指导教师：徐守文）

033

第一部分 月光下的情思

给外婆"画"像

孔令烜

岁月流逝，我已经十一岁了。这次见到外婆，看到光阴又在她脸上刻下了几道皱纹。

看着渐渐老去的外婆，我心里突然冒出一个想法：外婆这么老了，难道我不能为她"画"张像吗？

看，那稀疏的眉毛下，一双布满皱纹的眼睛充满慈爱地望着我。小时候，我曾生了一场大病，饭都吃不下，她是怎样尽量把菜炒得美味可口？她是怎样地端着勺，把温热的饭菜轻轻、慢慢地送进我嘴里？晚上发烧，我睡不着觉，她是怎样一遍遍地哄着我，让我把药吃下，渐渐入睡？……几天下来，她的眼睛里布满了血丝。这为我劳神的眼睛，我一定得画下来。

034

画过眼睛，我便看见了外婆的嘴。不鲜艳的红色嘴唇上刻着一道道裂开的痕迹。张开嘴，外婆的牙齿可谓"五颜六色"：有白色的烤瓷牙，有银色的假牙，还有黑黑的陪伴外婆一生的牙。许许多多的唠叨，都从嘴里蹦出来："不要吃太多冰棒！""过街小心！""看电视不要太久！"……尽管"烦"，但我知道，这是外婆对我无微不至的关照。这唠叨的嘴，我也要画下来。

侧着看，最突出的是外婆那弓起的背。那拱桥似的脊背，不知承受了多大的担子啊！在老家，挑水时，那背弓了下去；在城市，为我背书包时，那背也弓了下去；在水池边，为我用力地搓洗衣物时，那背又弓了下去……长年累月，外婆的背已经弯得像座小山，再也直不起来了。这为我一伸一屈劳累的背，我一定要画下来。

……

外婆的爱，在她那慈祥的目光里；外婆的爱，在她那只言片语中；外婆的爱，更在那为我付出的点点滴滴的弓起的背上……外婆，我爱您！

（指导教师：唐禧）

第二部分

亲吻大自然

"哗啦啦"，你听，江水拍打沙滩的声音如同那快乐的呼噜声。万家灯火一起倾向江心，让它成为夜里最亮丽的一道风景。长江在夜的熏陶下进入了甜甜的梦乡……

——杜丛林《长江的美》

起风了……

王敏芳

我坐在窗边的书桌旁做作业。忽然，书本被一页一页地翻了起来，起风了。"清风不识字，何故乱翻书？"但风儿好像丝毫不理会我对它的嗔怪，像一个调皮的孩子似的，不但没有任何收敛，反而翻得更起劲儿了，书本被弄得"哗哗"作响。我有些气恼，就起身去关窗户，想把它拒之窗外。不料窗户还没关好，它却"呼呼"地叫着，把窗帘也卷了出去……

我手忙脚乱地扯回窗帘，关好窗户，就隔着窗户玻璃欣赏起风的"杰作"。一个骑自行车的人，衣服在风的鼓动下，一会儿鼓起，一会儿又瘪下，就像怀里揣着一只活蹦乱跳的兔子。还有一个中年人，正弓着腰快速向前跑着。地上的尘土被卷成一股股"白烟"，赛跑似的追着人跑。

被人们丢弃的塑料袋子，舞得可带劲儿了：有的在地上飞快地打转，像在展示优美的芭蕾舞姿；有的腾空而起，如嫦娥奔月一般，挂在高高的电线上俯瞰大地；有的飞得比房子还高，好似一只只风筝在狂舞……远处的工地上，晒着的几件衣服，在风中不停地摇摆。旁边的小树也在不住地摇晃，像要拔地而起似的。

这风，可真像一个醉汉在疯癫……

秦 岩

唐讷敏

　　秦岩是江华八景之一，因东汉著名书法家蔡邕在岩壁上书有"秦岩"二字而得名。

　　远看秦岩，瀑布沿着绝壁倾泻而下，声音如雷鸣一般，气势宏大。走进洞口，只见洞内石钟乳千姿百态，岩石造型争奇斗艳，好一个地下世界！桃源洞里奇石罗列，有"玉鼠偷桃""飞鸽传书""二龙抢珠"，全都惟妙惟肖，仿佛喊一声，这些可爱的动物就会答应你；招招手，它们就会朝你走来。在迷人的"水晶洞"中，只见泉水清澈见底，崖上石壁、钟乳，千姿百态，有的像鹤在鸡群中独立，有的像将军威风八面，还有一架登天的险梯，似乎要直上云天。在这里，我们感受到了大自然的奇妙。

　　进入仙人洞，"铁树开花""金鸡报晓""金钟坠地"等奇石异景让我们大饱眼福。其中最有趣的要数"金狗望腊"了，一只健壮的"狗"站在那里，抬着头望着石壁上的"腊肉"，一动也不动，似乎馋得口水都要流出来了。相传因为腊肉很香，所以离地三丈三尺三寸高的石坪上，那条金狗万年如一日地昂头望着头顶上的一块腊肉，口水直流，就是吃不到，因此也有了"到此闻到腊肉香，还俗不再做和尚"的俗语。秦岩还有很多为人津津乐道的传说，更增添了它的迷人色彩。

（指导教师：于子莲）

第二部分　亲吻大自然

龙 眼 树

骆宛颖

日子一天天过去了，龙眼花纷纷从树上如棉絮般轻轻地掉落下来，投入到大地的怀抱里。不久，龙眼树就陆续结出一些小小的龙眼子。龙眼还没成熟，我们这帮小孩子的馋虫就被树上那一串串龙眼子提早唤醒了。哥哥们一个个如猴儿一样，有的抱着树干往上蹬，有的抓住了树枝侧着身子想要往上爬。他们虽然很调皮，可都不是爬树的高手，有时，他们也会突然踩空，我常为他们提心吊胆。

哥哥们在树上摘下一小串龙眼丢给我们这些胆小不敢爬到树上的女孩子。我们刚把龙眼接到手，哥哥们就"嗖"的一声从高处直跳下来，不等我们回过神儿来，就从我们手中夺过刚摘下的龙眼，迫不及待地剥开一颗。"哎呀！怎么龙眼肉和龙眼核还没分开，全是白的。"嗨！真是空欢喜一场。

038

再过些日子，我们耐不住性子又摘了一些，剥开一看，这时的龙眼肉和龙眼核已经分开了，龙眼核也慢慢变成了黑色。

到了仲夏，龙眼成熟了，一个个又大又圆，彼此拥抱在一起。我们这些小孩的馋虫早已憋不住了，一条条都爬到牙缝边上。天生淘气的男孩子干脆坐在树上吃个够，我们这些女孩子却只能眼巴巴地在树下等他们丢下几串来。他们如果不给我们，我们自然是有法子对付他们的。首先是威胁他们要向大人打报告，揭发他们的"罪行"，他们一个个就会乖乖地听我们使唤，我们自然也能跟他们一样饱餐一顿了。但他们有时也不太听话，这会儿，女孩们就会使出撒手锏——找来一根长竿儿往树上乱捅，男孩们就没办法了。不过这样做的结果往往是双方都会得到家长的批评，我们是不得已才会用的。

（指导教师：庄泽昆）

长江的美

杜丛林

长江，迷人的长江，如同一幅幅百看不厌的画卷美不胜收。

长江的美，在那繁忙的清晨。你瞧，雾姑娘小心翼翼地给还在睡梦中的长江披上了一件雾的薄被。长江舒缓地向东流去，是那样轻松自在。一只只船儿鸣着汽笛呼啸着从江面划过，犁出了一江浪花。东方出现了一丝红晕，江水被染成了一片金黄色。太阳缓缓地跳出了江面，长江也睁开了那蒙眬的睡眼，迎接新的一天。

长江的美，在那迷人的黄昏。劳累了一天的太阳，正缓慢地沉入江底。你看，太阳已经被遮住了半边脸，剩下的则给江面上空的云彩涂上了一层金边，给江水镀上了一层金灿灿的光亮。风吹着江面，江水好像金鳞巨蟒翻腾着，又如同龙腾虎跃呼啸着，是那样雄伟壮观。江水唱着歌给太阳送行，哗啦哗啦。岸边柳树下的钓鱼爱好者，手持鱼竿，享受着一天中最后的美好时光。鸟雀们在江面上飞来飞去，忙着归巢。太阳一点一点地往下落，夜，眼看就要来临了。

长江的美，在那寂静的黑夜。它迈着轻盈的步伐，送走了最后一丝夕阳。欢跳了一天的江水也安静了下来，平坦而缓慢地流淌。"哗啦啦"，你听，江水拍打沙滩的声音如同那快乐的呼噜声。万家灯火一起倾向江心，让它成为夜里最亮丽的一道风景。长江在夜的熏陶下进入了甜甜的梦乡……

长江的美，美在外表，美在内心，美在它那奔腾不息、一往无前的、精神。

（指导教师：王永）

落叶也美丽

王珊珊

走在萧萧的秋风中，我默默无语。因为我明白，秋与叶之间有个约定，当秋如期而至时，叶就要落了。树顶的叶子依旧在风中摇曳，我想它或许渴望生命才不愿落下。多么坚强的叶子啊！只可惜……

"真漂亮！"一个稚嫩的童声打断了我的思绪。我抬头望去，是一个天真可爱的小姑娘，一双水灵灵的大眼睛盯着手中的落叶。

我轻轻地走到小姑娘的身旁。"你在看落叶吗？"我温和地问。小姑娘天真地说："大姐姐，你看这落叶多美丽呀！上面还有花纹呢！"

看了很久，我终于明白了小姑娘所说的花纹——那是叶的脉络。叶片上脉络交错，织着一张生命的网，真像一幅艺术杰作。

小女孩轻轻晃了我几下，我才被她从思绪里拉出来，赶忙说："是呀，上面的花纹真美丽！"小姑娘眨了眨那双美丽的大眼睛："它还可以做花儿的肥料呢！"蓦地，我明白了落叶与人的相似之处：美并不是沉鱼落雁、花容月貌，美来源于内心。落叶，虽然终止了生命，千疮百孔，但它仍不忘为大地做贡献，"落红不是无情物，化作春泥更护花"。这是一种多么美丽而高贵的品质呀！

我不禁感慨："它真美丽！"小姑娘听后，喜出望外，眉宇间透着喜悦："大姐姐，我把它送给你，好不好？"望着那张可爱而纯真的脸，我小心翼翼地收下这份"礼物"。

伴着秋风，叶儿翩翩起舞，我怦然心动：哦，落叶也美丽。

赶　早

周昭文

　　迷迷糊糊中，妈妈在我耳边大喊："文文，五点了，快起床，今天我们回县城。"说心里话，这几天在外婆家过得可快活了，又是抓蟹，又是摘板栗，还捅了一个马蜂窝，真想再住几天呀！可明天就要上学了，我只得乖乖"听命"。

　　从外婆家到车站有四五里路，一段田埂路，一段水泥路。我们小心翼翼地走过一段田埂路后，踏上了水泥路。水泥路面在夜色的映衬下成了一条白色的带子，像白云哥哥晾晒衣衫忘记收走的腰带。路面上铺着一些"禾毛子"，那是乡亲们刚刚收了稻谷，在马路上晒谷扇出来的，还没来得及收拾。这些"禾毛子"散发出清新的气息，在软软的"禾毛子"上行走，脚底发出微微的"吱吱"声，听得人心里有些发毛呢。

041

　　转过几个山弯后，先前与我们同行的小溪悄悄地跑到前面去了，她一路淙淙地哼着曲儿，欢快地为我们带路。田野里、墙角下，蟋蟀们正起劲儿地吊着嗓子，不知谁家的鸭子也"嘎嘎"地叫了几声，隐隐有翅膀扑腾的声音；马路两旁的房屋都在沉睡。偶尔有一两户早起的人家亮起灯，那灯发出昏黄的光，一闪一闪的，像捉迷藏时不小心失足跌下凡间的星星。凉风习习而来，与我们打个照面后，一头钻进黑黝黝的林子，引来一阵阵松涛，那涛声似乎很近，又似乎很远……

　　慢慢地，一切都亮了，一切都醒了。

（指导教师：贺卫华）

游 漓 江

刘淳于

去年暑假，我和爸爸妈妈随着旅行团来到了桂林，我们第一个目的地就是漓江。

一上游船，就看到两岸翠绿的树木。船行驶了一会儿后，那翠绿的树木全被我们遗忘到了脑后，迎接我们的则是奇峰异水。那儿的山真奇特。有的山顶扁而平，像个馒头；有的山则像个长方形，静静地躺在那淡淡的碧波上；有的山则一边凸起，一边凹陷，像音乐课本上画的跳跃的音符。那儿的水可真清啊！透过那绿色的水波，能看得清水底的碎石和鱼儿。水面上还展现着一座座山的倒影，好美丽！

一会儿，我们来到了著名的"十里画廊"。这里有一座小岛，岛上全是绿草和树木，岛上还有一群群牛。这些牛憨态可掬，悠闲地在草场上吃着新鲜、美味的嫩草。看到这些，我不由自主地想起了《牧场之国》中的牧场。

接着，我们来到了"九马画山"。那高高低低的高峰上，"画"着九匹骏马。有的马昂首嘶鸣；有的马在悠闲地吃着草；有的马转过头来，似乎在呼唤着自己的同伴；还有的马头也不回地跑去，似乎想先到达目的地呢！这时，导游给我们讲了一个非常有趣的故事：古代有一位宰相来到这个地方，一匹马也没有数出来。回去不久便被贬职了。桂林历代流传这样的歌谣："看马郎，看马郎，问你神马几多双？看出七匹中榜眼，能看九匹状元郎。"我也跟着导游的指点数了数，一共数出了六匹马。朱姐姐数出了七匹马，在大学读书的杨姐姐则数出了八匹马，真是"一山还比一山高"啊。

这次游漓江真好玩。我喜爱形状各异的山峰，也喜爱那憨态可掬的牛，更喜欢有着九匹马的"九马画山"。如果大家感兴趣，就去看一看吧！

（指导教师：贺伊春）

我爱家乡的樱桃

龚艳丽

阳春三月，细雨如丝，樱桃树吮吸着春天的甘露，不几日，青翠的枝叶间便开满了粉嘟嘟的白色小花，一团团，一簇簇，斗艳枝头。半个月后，花儿摇身一变，枝头上又挂满了青色的"小脑袋"。随后的两个月时间，随着个头的不断长大，樱桃也在不断地换着新衣裳。起初先由青慢慢换成浅黄，又由浅黄换成红里带黄，最后成熟时又换成深红色。

每逢五六月份樱桃成熟的季节，我总会提着小篮子来到自家的樱桃园里摘樱桃。一进果园，首先映入眼帘的就是挂满枝头的红樱桃，真像一颗颗红玛瑙镶嵌在万绿丛中。来到树下，翠绿的枝叶下藏着的红色小脑袋，似乎在向你眨眼睛。它们是那么的晶莹透亮，鲜艳欲滴，令人垂涎三尺。我小心翼翼地摘了一颗，轻捏在手里，生怕稍一用力就会捏碎它。慢慢地放在嘴边，轻轻地用牙一碰，酸甜可口的汁液就流了出来。

043

（指导教师：吴永丽）

第二部分 亲吻大自然

家乡的春雨

王甲哲

　　家乡的春雨下起来了，淅淅沥沥，如牛毛，像细丝，似花针，在天地间织成了一张硕大无比的网。

　　天蒙蒙，地蒙蒙，雨线儿串成轻纱帘，笼罩了一切。小燕子在空中飞来飞去，想用它的剪尾剪断这雨帘。

　　沙沙沙沙，雨滴儿落在杨树、柳树的叶子上，好像少女在轻抚琴弦，又似蚕宝宝在吞食桑叶。

　　咕噜咕噜，雨滴儿落在桃花、杏花那红红的花瓣儿上，滚动着、聚拢着，花瓣儿上顿时出现了千万颗晶莹发亮的珍珠。

　　滴答滴答，雨滴儿落在池水里，像洒下一颗颗宝珠，池水荡漾开来，泛起了一圈圈好看的涟漪。

044

　　咕咚咕咚，雨滴儿落在麦田里，麦苗儿醒过来了，伸伸懒腰，开始大口大口地喝着这春天给予它们的甘露。

　　呵呵呵呵，雨滴儿落在农人们的脸蛋上，农人们笑了，脸上的皱纹舒展开了。哈，今年一定又是个大丰收之年哟！

　　啊，春雨，你是春的使节，你是春的灵魂。我多么想变成你啊，滋润家乡的一切，造福家乡的人民。

（指导教师：赵学潮）

星　星

刘瀚青

　　我很爱天上那一闪一闪的小精灵——星星。

　　小时候，我去乡下外婆家，最喜欢做的事情就是抬头看天，因为这里夜晚的天空并不寂寞，星星是陪伴夜空的一颗颗一闪一闪的珍珠。天上这无数颗珍珠好像认识我似的，闪着光在向我问好。我兴奋极了，把手举得高高的，拼命地向上跳，希望可以摸摸它们。一次次失败，让我从摸改成了数，"1、2、3、4、5、6……100、110、120、130、150……""不对，"我小声地叫了起来，"数错了。"接着我又一遍遍地数，一遍遍地错。妈妈从屋子里出来了，看着我胡乱地数着星星，笑着说："是星星，不是珍珠，有那么好数吗？还有哦，星星那么多，是数不完的哦！"我可不相信这些，依然在数。当然，没有哪次是可以数完的，可我还是一遍遍、一遍遍地数星星。时间就在我一遍一遍的数数当中悄然过去，星星们在我身上洒下点点星光。

045

　　回家后，我依然兴致勃勃地数星星，可天空中就那么一两颗的小珍珠，光芒微弱。我的整颗心被失望吞没了，再也没有在外婆家的痴迷和快乐了。我赶紧喊妈妈："妈妈，星星躲到哪里去了？你快出来看啊，它们都不和我玩了。"妈妈看着我同以往一样无辜的眼神，只是笑笑没说什么。而爸爸在一旁笑着说："它们去出差了，以后会回来的。"听到这句话，我笑了。

　　后来我知道了，星星没躲着我，也没有出差，只因为城市的空气不好，被淹没了。星星啊，星星，你何时才能不玩失踪，不让我找得团团转呢？

（指导教师：徐守文）

第二部分　亲吻大自然

龙泉，我爱你

张秀敏

人们常说："上有天堂，下有苏杭。"杭州的西湖美，可我总认为家乡的龙泉更美！

象山脚下有四道清泉汩汩奔涌，泉水汇入文明湖，再流入竹皮河，穿越荆门城区，东入汉江，这就是闻名江汉的象山四大名泉：龙、蒙、惠、顺。其中尤以龙泉令人叹为观止。

龙泉的泉池直径约4米，水深约3米。泉水清如明镜，泉底的石块、水生物清晰可见，就连游人丢入水中的硬币，也能清晰地辨认出面值。泉水冬暖夏凉，也是人们欣赏龙泉的原因之一。夏天，捧一捧凉水洗一把脸，不知是泉水冲散了身上的热，还是泉水的凉意融进了心里，真有一种神清气爽的感觉；冬天，泉池里升起一层薄雾，不仅给四周的泉壁披上了神秘的轻纱，同时也笼罩了在池边晨练的人们。在"仙境"里练拳舞剑，真是惬意极了！

龙泉的美并不仅在于水，更主要的是融山景、水景、林景于一体，亭台楼阁与湖光山色交相辉映的景致。龙泉的西侧是高大的象山，峰峦雄伟，悬崖峭壁，树木茂盛，芳草挂坡。泉边有一根百年古藤顺峭壁直攀山顶，甚为壮观，堪称一绝。东侧古木参天，苍翠欲滴，伙伴们在树下追逐、嬉戏，龙泉更显得热闹非凡。在龙泉与文明湖的交汇处，建有一座听泉亭，还有文明湖中的湖心亭，那艳丽的色彩、精湛的雕饰，无不给龙泉增添几分姿色。端坐亭台，垂足于蜿蜒亭桥之间的泉溪，倾听着优美悦耳的泉声，迎着霞光，欣赏那粼粼水光的泉池里撒下的数不清的翡翠、玛瑙、珍珠、宝石……谁能不被陶醉？

如今，龙泉旁又建起了高压水泵站，清澈的泉水被送往金龙泉啤酒厂。优质的泉水成了金龙泉啤酒的质量保证，"金龙泉"在短短二十年就由一个中国啤酒行业的后起之秀变成今日之星，啤酒产销量连年名列国内十强之列，三十余次在国内外啤酒质量评比中获得大奖，是国家首批质量认证产品，被指定为人民大会堂国宴特供酒。

龙泉，家乡的美泉；龙泉，家乡的富泉！我爱龙泉，更爱我的家乡！

（指导教师：刘克锡）

047

第二部分 亲吻大自然

阳光给我们欢乐

刘熙璇

虽然已是阳春三月，但天气依然寒冷。今天，老天爷终于一扫往日的阴霾，暖阳普照大地，气温回升。真是天遂人愿，人们的心情豁然开朗。而我们小孩子更是心花怒放，迫不及待地想在阳光下玩个痛痛快快。

下了舞蹈课，妈妈决定带我和表妹去广场感受阳光。听到这个消息，开始我们都不敢相信自己的耳朵，随后就一齐欢呼起来。于是，我们有说有笑、兴致勃勃地出发了。

阳光照在草丛上，小草都挺直了腰杆，显得更加娇嫩。阳光照在道旁树上，它们像从熟睡中苏醒过来似的，徐徐向外伸展枝条，贪婪地享受着久违的温暖；阳光照在卧于路边的一只流浪猫身上，它兴奋地对着天空"喵，喵——"地叫了几声，好像在说："阳光，谢谢你！昨夜我都累死了，现在可以美美地睡个懒觉了。"它惬意地躺了下来，闭上眼睛昏昏欲睡。

一到广场，我们就像长久被关在笼子里的小鸟突然一下子冲出了鸟笼一样，欣喜若狂，蹦啊跳啊。我和表妹拿着一个皮球，欢快地你投过来我扔过去，开心到了极点，把一切学习的压力都抛到了脑后。再看广场上的孩子们，三个一群，五个一伙，都在兴致勃勃地玩着各自喜欢的游戏："踩影子""警察抓小偷""赛车""滑旱冰"等等，不一而足。玩的内容可真丰富，玩的花样可真多，大家脸上都写着开心与幸福，就连妈妈们的脸上也没有了往日的严肃，都满面春风，纷纷加入到"童子军"的队伍中来，留下了一个个美丽的瞬间。玩疯了，我们干脆甩开外套，轻装上阵。欢笑声传遍了每个角落，广场成了欢乐的海洋。

目睹这一切，我不禁想到：是阳光给我们带来了温暖，是阳光给我们带来了快乐。我爱阳光！

（指导教师：刘慧军　王晓丽）

我爱胡杨林

李云川

国庆长假里，我们一家去了内蒙古额济纳旗看胡杨。

我们开车从银川出发，长时间在戈壁的荒滩里行驶，一路看见的都是黄沙和石子。我感觉非常纳闷，心想：这会有什么千年胡杨？恐怕是骗人的吧！

到达目的地的第二天，我们凌晨四点就从住处出发。到二道桥时，太阳已经出现在东边，可是月亮还高高地挂在西边的天空上。我被这日月同辉的景象吸引住了……

天渐渐亮了，河的两岸出现了一大片土黄色、原生态的胡杨林，像一大群驻扎边界的士兵在为祖国站岗放哨。

太阳终于出来了，千万缕金光照射到胡杨树梢上，使本来就黄澄澄的树叶一下子变得光彩夺目。树梢后的天空也由白变蓝，胡杨在蓝天白云的衬托下显得金光闪闪。走近细看，棵棵胡杨树高大耸立，形态各异，深褐色的树枝上挂满密密麻麻的金黄色的叶子。它的叶片如银杏叶大小，形状多样。从桥上望下去，胡杨林和蓝天倒映在静静的河面上，好一派塞外风光！这时，河边、树下早已人声鼎沸，摄影爱好者架起了三脚架，拿出了炮筒似的相机，兴奋地拍下了各种美景。

我怎么也想不到，在这荒芜的沙漠和戈壁中，还有这样一片片充满生命力的胡杨林，这里仿佛就是一个童话世界！当地人说："胡杨百年不死，千年不倒，万年不朽！"它们就像古代驻扎边关的将士，在艰苦的环境里顽强地挺立着、挺立着……

这壮丽的美景，令我无比热爱这荒漠中最耀眼的生命，更是不由得从心里敬佩胡杨那顽强不屈的性格。

胡杨林那充满生机的片片金黄，也成了我最美好的回忆！

（指导教师：蔡玲玲）

故乡的春天

张晓云

盼着，盼着，寒冷终于跟随冬天的足迹远去，仪态万千的春姑娘，迈着轻快的脚步翻越高山，蹚过河流，踩过阡陌，来到了我的故乡。

故乡的春天，是我最喜爱的。在那充满诗情画意的田间地角、房前屋后，金黄的油菜花、粉红的桃花、雪白的梨花……各种花朵争奇斗艳、交相辉映，在绿色的地毯上拉开了春天的序幕。

一只只似曾相识的小燕子，特地赶来参加春天的盛会，她们披着乌黑光亮的羽毛，展开一对俊俏轻快的翅膀，在三月的天空快乐地飞翔。她们剪刀似的尾巴，裁剪出杨柳鹅黄的嫩芽，那嫩芽像少女蒙眬的睡眼，婀娜多姿地迎接灿烂的春光。

050

眺望远方，连绵起伏的群山，像身披绿色大衣的卫队，又像坚固厚实的屏风，默默地守护着故乡。当沙沙春雨从天而降时，花草树木尽情地吮吸着雨露，忘我地吸取自然的甘霖。而浓郁得好似牛奶的白色雾气，从坡顶顺着层层梯田向下蒸腾扩散，拥抱了故乡的一切。

春天的松林，是和小伙伴踏青的极好去处。你看，调皮的小松鼠在林间追逐嬉戏，勤劳的蜜蜂忙着采花酿蜜，连蝴蝶姑娘也在花丛中翩翩起舞，向春天展示优美的舞姿。小草脱下了褐黄的衣裳，穿上春姑娘巧手编织的绿装。棵棵挺立的翠绿松树，像一个个威武的士兵接受我们的检阅。

你听，"叽叽叽"，鸟儿在枝头唱着"迎春曲"，要把对春天的赞美全部倾吐。"沙沙沙"，树叶齐心协力演奏共鸣的曲目。"哗哗哗"，溪流迈着矫健的步伐，义无反顾地投入江河的怀抱……

春天，你给故乡带来色彩和生机；春天，你给我们送来欢乐和希望。我愿做春天里的一朵鲜花、一株绿草、一棵小树，把故乡的春天装扮得更加美丽迷人。

我爱故乡的春天！

(指导教师：陈洪)

第三部分

醉心诗

云是一个忙碌的画家

在空中画出

一幅又一幅美丽的图画

又像一个贪玩的娃娃

玩呀闹呀

常常忘记了回家

——付建云《草儿（外一首）》

品尝月光的味道

王尊贤

我用画笔

在漆黑的天空中

勾勒出一团火苗

涂出皎洁的月光

风儿把月光切成五块儿

带向远方

落下的一小块儿

让小鸟当帽子戴上

葱葱郁郁的林子中

似乎有一片月光

追上去看

却只有树叶的"沙沙"响

我藏在谷垛旁

风儿将月光带来

放在谷垛上

又落在我的肩膀上

我正同家里的那头小猪商量

我们要尝尝月光是什么味道

（指导教师：王敬亭）

致 母 亲

罗梓珊

母亲！我是您用生命写下的历史
孩儿的生日，就是您的受难日
在美好的节日，送出我的祝福
健康，开心，幸福属于您

母亲！您是美人中的美人
又是如此心地善良、和蔼可亲
您用阳光给我织成的翅膀
让我飞得更高更远

母亲！无论我飞得再高再远
无论我走到天涯海角
我的身影总落在您的心上

啊，慈祥的母亲
让我对您喊一声
——妈妈，我爱您！

（指导教师：莫晓虹）

053

第三部分 醉心诗

我看见分离的忧伤在夕阳里蔓延

吴 双

我看见分离的忧伤在夕阳里蔓延
破碎了一地，而后一片寂然

站在教室，回想过去
我无法留住时间
也留不住大家的笑颜

多少年后终究会记不清彼此的脸
只记得说过再见
四十七个人曾亲密无间

（指导教师：刘东）

054

友爱，在心间

刘焯莹

友爱，
是春天里的一滴滴
密密的雨珠。
轻叩心扉，
滋润着我的心田。

友爱，
是夏天中的一缕缕
明媚的阳光。
照耀心间，
温暖着我的心田。

友爱，
是秋天里的一丝丝
凉爽的清风。
轻掠心中，
吹拂着我的心田。

友爱，
是冬天里的一朵朵
绽开的雪花。
飘扬心里，
装点着我的心田。

没有母爱的伟大，
没有父爱的深沉。
友爱，
如暗夜中的点点星火，
简单而朴素，
平凡而让人感动。

（指导教师：谢惠婵）

老师的诗

梁淑清

老师的诗
是用智慧谱写的
我们读着
心中充满着一种灵气
从此走向
无尽的高远
天高海阔
鹰飞鱼跃

老师的诗
是用汗水写成的
我们读着
看到了桃红柳绿、满坡金黄
从此
我们的心
紧紧扎根大地
打下成长的根基

（指导教师：王洪吉）

057

阿——嚏

王道玲

呼——
冷风使劲儿吹着大地
大地打了
一个长长的喷嚏
阿——嚏
把黄叶震落了
把小兔吓得
藏进了洞里

我也跟着打了一个喷嚏
阿——嚏
把妈妈吓着了
马上问东问西

（指导教师：赵秀坡）

关于爱的问答

阙敬宇

我曾不止一次问过，爱是什么？

我问太阳，
她说，把光明和温暖送给每一个人，这就是爱。
我问月亮，
她说，把温馨与静谧送给每一个人，这就是爱。
我问大地，
她说，包容万物，胸怀宽广，这就是爱。
我问森林，
她说，调节气候，协调自然，这就是爱。
我问花朵，
她说，把最美好的东西带给别人，这就是爱。
我问小草，
她说，默默无闻，无私奉献，这就是爱。

我终于明白：爱就是奉献。

059

这就是爱

汪玉敏

我感冒了，
妈妈带我去医院，
路上她的手一直在抖，
我知道，这就是爱！

我犯错了，
爸爸耐心地说服我，
他的目光又暖又柔，
我知道，这就是爱！

我摔伤了，
爷爷奶奶为我擦药，
他们的唠叨又多又长，
我知道，这就是爱！

我受伤了，
老师仔细地为我擦洗伤口，
她的动作又轻又缓，
我知道，这就是爱！

（指导教师：任春林）

草儿（外一首）

付建云

悄悄地
探出脑袋
是想来打听
春天里
树哥哥的秘密
花姐姐的消息

云

云是一个忙碌的画家
在空中画出
一幅又一幅美丽的图画
又像一个贪玩的娃娃
玩呀闹呀
常常忘记了回家

（指导教师：张宁刚）

061

爱是什么

崔茜文

爱——
是一双小小的手套
暖和我冻僵的小手

爱——
是一张洁白的纸巾
擦去我脸上的泪痕

爱——
是一根长长的电话线
传递着浓浓的亲情

爱——
是一件厚厚的毛衣
温暖着寒冷的冬天

（指导教师：徐艳春）

妈妈的微笑

肖桂蓉

微笑似一阵春风
温暖人心
微笑似一缕阳光
洒遍人间
微笑似一束鲜花
芬芳扑鼻

当我灰心丧气时
那一抹温馨的微笑
那一刻
亲情的甜润涌上心头

您的微笑教会了我
如何面对挫折
您的微笑告诉我
不经历风雨怎会见彩虹

妈妈啊妈妈
忘不了您——
那无声的微笑

（指导教师：李珊梅）

063

第三部分 醉心诗

朋　友

孙海涛

朋友是什么？
是一张沙发，
在我疲惫的时候，可以依偎他。

朋友是什么？
是一本课外书，
在我无聊的时候，可以解读他。

朋友是什么？
是一杯凉水，
在我口渴的时候，可以拥有他。

朋友是什么？
是一张张地图，
在我迷路的时候，可以依靠他。

（指导教师：张晓莉）

爱

姜昕丽

妈妈的爱
凝在我心中
陪伴我成长
清新、甜美
浓浓的，如蜜

爸爸的爱
响在我耳边
推动我成长
低沉、朴素
静静的，如山

老师的爱
浸在书包里
赐予我力量
诚恳、严肃
深深的，如海

朋友的爱
藏在笑声里
开心、快乐
闪闪的，如星

爱

融进了世间每个角落

让我品尝到不同的温暖和甜蜜

（指导教师：王君）

我爱音乐

何良玉

音符
是小小的鱼
从钢琴里
游进了我的心窝

音符
是小小的蜂
从碟片里
飞进了我的眼睛

音符
是小小的鸟
从你的嘴巴
溜进了我的耳朵

一支支歌
就这样
陪着我
陶醉、开心

（指导教师：任小霞）

爱，身边的每一片叶

毛文馨

转身
拾起一片叶
用宁静与关爱
塑造出人间最美的温柔

转身
拾起一片叶
用温馨与祝福
塑造出人间最美的友谊

转身
拾起一片叶
用真心与真情
塑造出人间最美的感动

转身
拾起一片叶
爱身边的每一片叶
塑造出最美的人间

（指导教师：何小花）

雨

田 鑫

四时的雨呵，
送来美丽无瑕。

悄悄的雨露呵，
润了绿芽，润了红花；
绵绵的雨水呵，
绿了山崖，绿了庄稼；
醇醇的雨滴呵，
醉了娃娃，醉了彩霞；
轻轻的雨雾呵，
迷了水波，迷了寒沙。

四时的雨呵，
送来春的生机满天下，
送来夏的丰茂满山峡，
送来秋的明朗满农家，
送来冬的宁静满中华。

雨中的景色呵，
——如诗亦如画；
雨中的江山呵，
——是最美的华夏。

（指导教师：陈冬梅）

欢乐的生活

王子浩

一条条彩虹
一个个旋涡
都是欢乐
一阵阵欢声
一阵阵笑语
都是飞跃

彩蝶，在眼里流淌
鸟儿，在心中雀跃
把希望化作彩虹
让明天的生活更红火

（指导教师：王洪吉）

阳　光

王冠华

清晨柔和的
像奶奶温暖的手
轻轻地把我抚摸
一半慈爱
一半希望

中午热烈的
如同爸爸炽热的目光
严厉地把我注视
一半威严
一半期待

傍晚软软的
如同爷爷稀疏的胡须
缓缓地扫过心窝
一半牵挂
一半欣慰

（指导教师：王艺鑫）

071

星 儿

郭易龙

月亮挂在天上，想
假如我是一名歌星，
那星儿们便是一名名舞伴。

白云飘在天上，想
如果我是一幅窗帘，
那星儿们便是一点点花纹。

小草趴在地上，想
如果我是一名舞者，
那星儿们便是一位位观众。

浪花拍在沙滩上，想
如果我是一条连衣裙，
那星儿们便是一朵朵花瓣。

我躺在床上，想
假如我是一名老师，
那星儿们便是一个个学生。

（指导教师：徐守文）

第四部分

转动生活大圆筒

夕阳下，一位老人，一位少年，笑容挂在彼此的脸上，多么美丽的风景！我很高兴我能走进夕阳，收获快乐！

——陈福森《走进夕阳》

一个声音轻轻地送到我耳边

程　凯

约好了与同学见面，悠闲地走着去公交车站，快到站时，忽然有一辆公交车急速驶来，我大脑中闪电般地划过一个念头：赶上这趟车，别错过。

我紧跑一段，气喘吁吁，好不容易赶上了。我停住脚步，身子前倾，推着已经滑到鼻尖的眼镜，想看清是几路车。还没等我看明白，一个声音轻轻地送到我耳边："603"。我如释重负，我要坐的不是这趟车。

回过神儿来，我搜寻着声音的出处：一个十七八岁的哥哥，大冬天的穿着一件白T恤，外面只穿着一件灰色夹克。是他？我用询问的眼光看着他。他看也不看我，只在我前面来回踱着，手里的塑料袋跟着缓缓地荡着。我想说声谢谢，但看他那满不在乎的样子，我竟开不了口。

我安静地站着，真是开心。有一种温馨的味道，在站台的空气中弥漫。

喝豆汁

李贝迪

今天，我和爸爸妈妈去了具有浓郁老北京特色的饭馆"海碗居"吃午饭，爸爸还想让我们了解了解老北京的风俗习惯。

刚一进"海碗居"，我不禁眼前一亮，哇，饭店里的服务人员都身穿青布褂子，头戴黑圆帽子，肩上还搭了条白毛巾，我们仿佛回到了旧时的北京城。"您里边儿请，您哪！"两三个店小二跟我们打招呼，同时还抖抖手里的毛巾，做了个"里边请"的手势。他们嗓音圆润洪亮，字正腔圆，一口不折不扣、地地道道的京腔味儿。我听了，真是觉得又新奇又有趣。

我们落座之后，开始点菜。爸爸边点边讲："豆汁很有特点，当年深受老百姓喜爱，也算是当时最有名的小吃了！""那还不点几碗尝尝！"我迫不及待了。"你能喝吗？到时候喝不完算你的！""行呀，你女儿是谁呀！吃嘛嘛儿香！""这可是你说的，别后悔，做好心理准备。""谁怕谁啊。"我边说还边冲老爸做了个鬼脸，暗想，你女儿好歹也属猪嘛，这些都是小意思啦。豆汁上来了，那颜色看上去可不如豆浆，有点儿黄，还有点儿灰，不过配着炸得焦黄的焦圈，倒使人有几分食欲。我等不及了，伸手抓起一个就要往嘴里送。"慢，这个应该掰开，泡在豆汁里吃。"我想，这东西简单，吃起来还挺讲究。于是，我将焦圈泡在了豆汁中，然后准备"大开吃戒"。好难闻的气味呦，我不禁皱起了眉头。我又偷眼看了看同样第一次喝豆汁的妈妈。只见妈妈咂咂嘴说："还可以。"有了这句话，我就像吃了定心丸。我捧起碗，就吸了一大口。哇，又酸又臭，味儿又浓，哪儿是我心里想要的豆汁啊！爸爸坏笑着问："好喝吗？""这是我喝过的最难喝的东西。"我哭丧着脸答道。那天，我这碗豆汁还是大肚将军爸爸喝了的。

后来，我们还品尝了又软又辣的麻豆腐，甜点拼盘驴打滚，还有艾

075

窝窝等等北京小吃，真是让我享尽了口福，同时亲身体验了老北京的民俗风情。不过，给我印象最深的还是让我哭笑不得的豆汁。

（指导教师：林红霞）

它在等风

黄瀚遥

我的新家就在瓜渚湖边，我经常去湖边和小伙伴们一起做游戏。

那个傍晚，我和小伙伴玩"警察抓小偷"的游戏。几个回合下来，我体力实在不支，抱着一棵大树喘着粗气喊："我先退出一会儿……"

天呢，一只蜘蛛！我无意中看到了。从书中，我早就看到过关于蜘蛛的介绍：它们能吃掉无恶不作的蚊子，是捕蚊能手。可这会儿，这只蜘蛛正忙着它的织网工程呢！瞧瞧，它一边吐丝，一边拉丝织网，真够卖力的。它的这个"工程"还真不小：丝得从这个枝丫挂到那个枝丫，小小的蜘蛛没有翅膀，又怎么能完成这一"工程"呢？只见它把丝的一端挂在树枝上，一边吐丝一边把自己随丝挂在半空。一阵风吹过，丝随风飘荡，蜘蛛又随丝晃荡，哈哈，蜘蛛正巧随风晃到了另一个枝丫上！

哦！我恍然大悟，原来蜘蛛是在等风呀！

是阳光照在头发上

李从道

春天的太阳暖洋洋的。

午饭后，我和爸爸一起坐在院子里晒太阳。

吃着零食，讲着笑话，不知不觉爬到了爸爸的膝盖上。

"儿子，该理头发了！"爸爸抖着膝盖，摸摸我触耳的头发说。

"头发还不算长吧！"我有点儿不太情愿地说。

于是，爸爸起身拿来镜子，放在我的脸前："你看你都成小姑娘了！"

"哇！"我猛地吓一跳，摸摸头顶的头发，"我怎么长白头发了！"

爸爸见状急忙审视起我的头发，恍然大悟："儿子，是阳光照在头发上！"

我和爸爸抱头大笑："哈！哈！哈！……"

毛巾的舞蹈

苏晨蕾

今天下午的音乐课上，由于课已学完，老师就让我们欣赏音乐，听的是幻想曲。

听着音乐，我便向窗外望去。现在是冬天了，虽说南国的冬日没什么显著的特征，但生机毕竟减少了。似乎连颜色都被寒风冻住了，房子、树……所有的东西上面都仿佛罩上了一层灰白。这样一来，远处跳动着的几点鲜艳的色彩便特别引人注目。那是谁家晾在一根绳上的三条毛巾，在猛烈的北风中狂野地舞着，宛如正在舞动的草裙。

看着看着，我惊奇地发现，毛巾竟是跟着音乐的节拍来跳动的。好像一个乐队一般，中间那条淡紫色的是"主唱"，随着教室里的音乐"慷慨激昂"地舞着，音乐进行到高潮，它便猛烈地飘动；音乐转柔和，它也慢下来。而两边一条蓝色一条红色的则是"伴奏"，始终有规律地前后摆动，刚好和着音乐的节律。

我兴奋不已，音乐在教室里，毛巾在远处，相隔那么远，竟完全一致。难道风中有精灵，还是纯属巧合？

我环顾四周，除了我和同桌外，教室里再没人注意到。

079

第四部分 转动生活大圆筒

七奶奶找鸡

王　剑

天还没亮，就听到隔壁七奶奶的叫喊声："哎哟，哪个遭雷打的把大花白鸡偷走了！哎哟，我的大花白鸡哟……"

村里的人都知道，七奶奶有两样宝贝：一样是她家门前的那棵桃树，再一样就是那群鸡了。

每年春天那棵桃树都能结出又大又好吃的桃子。七奶奶总是把香甜可口的桃子分给我们这些邻居小孩吃，剩下的一些可以去卖。虽说桃子很好，但七奶奶更喜欢那群鸡。

她家的鸡可多呢！什么大花白、小黑、老黄……最大的就要数大花白鸡了，有九斤多重呢！大花白鸡下的蛋也很大。所以七奶奶特别喜欢这只大花白鸡，还专门为它提供了一套高级'别墅'哩！现在，她的大花白鸡丢失了，能不着急吗？

"哎哟，我的白宝贝哟……"听着她那带着哭腔的声音，再想想七奶奶对我的关心和爱护，我顿时感到七奶奶很可怜，于是，我下了床去帮七奶奶找鸡。邻居们的小孩也都跑出来帮忙。最后，我们终于在七奶奶的家里找到了鸡，原来这鸡一直没有离开家啊！想想也是，七奶奶对它那么好，它怎么舍得离开七奶奶呢？

（指导教师：吴潮平）

救　车

蒋茗选

　　你见过雪吗？你见过那深到小腿的雪吗？那是2008年春天的雪，一场罕见的大雪，是我有生以来见过的真正的大雪！

　　正在我为下雪高兴的时候，险情已埋伏在我的身边了。那个早晨下着鹅毛大雪，我按捺不住兴奋的心情，早早起床往楼下望去，只见树枝被厚厚的积雪压弯了腰，空气中还弥漫着一种香味。我想，这个季节怎么会有那么浓的香樟味？我正纳闷，随着"咔嚓"的声音，一根碗口粗的香樟树枝开始断裂，而树下还停着一辆小车呢，怎么办？情况十分紧急。我赶快拨通了保安室的电话，向他们汇报我家门前的状况。

　　不一会儿，好几个保安来到了车子旁，他们先用一根"丫"字形棒撑住大树枝不让它继续往下掉，然后不停地打电话寻找车主。我看他们着急的样子，也悄悄溜到了他们身边，希望能帮上点忙。过了一会儿还是没联系上，我灵机一动说："这车停在树下，车主一定离树不远，我去旁边这幢楼找找吧。"说完我就跑向车右边的单元楼，一户一户地敲，一户一户地问，可惜找遍了也没找到车主。我又向车左边的单元楼跑去。功夫不负有心人，车主终于被我找到了！他赶忙下楼来，在保安的指挥下，好不容易才使车脱离了险境。钻出车门的时候，车主的鼻尖上已经沁出了汗，他连声感谢保安同志，保安们指着我，笑着对他说："别光顾谢我们，是她第一个发现险情的。"我的脸一下子就红了。车主要给我写表扬信，我一溜烟跑了，我想，我做的只是微不足道的小事。

　　雪还在下，可我的心里热乎乎的。

（指导教师：许益）

"千里"寻书

冯浩辰

暑假里的一天，我到奶奶家去，正好表弟也在。我看到他手里拿着一本《儿童文学》，就笑嘻嘻地搓搓手，看着他。弟弟好像看透了我的心思，大方地说："那你看吧。"我连声道谢，接过书如饥似渴地看了起来。正当我看得如痴如醉时，姑姑来把弟弟带走了，那本书当然也被带走了。我心里因为惦记着那本没看完的书，别的书也看不进去。就在我烦躁的时候，奶奶回来了，还带给我一个"秘密情报"：弟弟到农村的舅爷家去了。这一情报使我精神大振，稍稍一做准备就上了路。舅爷家说是在农村，其实也还是在阎良，从五区到安芦市场，再往前到了迎宾大道，过了马路，就是村子的入口。

开始走的时候，我还行，后来腿越走越酸，头上的大太阳火辣辣地烤着，我真不想走下去了，可一想到书，我浑身又有力气了，我深一脚浅一脚地在村中的污水沟"跋涉"，终于到舅爷家门口，我的"长征"才算结束了。

进了屋，我浑身像散了架一样，瘫在沙发上起不来了。就在这时，我看到那本书就搁在院里的板凳上，也不知道哪里来的力气，我呼地跑过去拿起书就看，完全忘了刚才走路的疲惫。

我也顾不得坐下，就站在那里认真地看，心思完全钻进了书里。直到舅爷回来招呼我，我才反应过来，时间都已经是晚上七点了。奇怪，今天的时间怎么过得这么快？

正是那天的阅读使我体会到了书的精彩。后来，我看的书多了，慢慢明白了，看书也是一种享受。

（指导教师：孙锡青）

家乡的糍粑

刘思璇

　　湘西的风土人情可以从那柔而不腻、淡而清香、味道爽滑的糍粑中慢慢品出。嚼得越久，就越感到其味香，其情浓。

　　寒冬腊月，佳节来临前夕，湘西家家户户都忙着准备过年，其中最主要的一项就是打糍粑，每到打糍粑这天，家家户户都围在一起做，十分热闹。大人们拿出打糍粑的大粑槌，还有装米饭的粑缸。米饭出来了，热腾腾的，爸爸和叔叔拿起大粑槌你一槌我一槌，非常默契地配合着，"嘭嘭嘭"，我的心也跟着节奏动起来。米饭越打越黏，把大粑槌粘得白白的，爸爸打得非常累，汗水湿透了衣服，但是爸爸很开心。糍粑终于打好了，白白的，可有黏性了，拉一两米长都不会断。妈妈把糍粑放在抹好油的桌子上，把糍粑捏成一个个小小的圆，再把它压成和手掌一样大的扁圆，一个个白白净净的糍粑就做好了，我还给糍粑点上一双眼睛，画上一个嘴巴，有趣极了。有的糍粑被我点上了四点红，表示四季发财。糍粑还有很多种吃法，有包红豆的、包绿豆的、包白砂糖的，我最喜欢吃包红豆的。

　　吃一口白白的糍粑，你会从那柔软和细腻中嚼出悠悠湘西情。

083

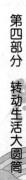

骑羊的故事

尚　钱

暑假的一天，我到舅舅家走亲戚。下午的时候，表弟让我和他一块儿去放羊，我爽快地答应了。

表弟牵着他的宝贝山羊"山花"走在前面。"山花"是一只非常健壮的雄性山羊，四条腿很粗壮，走起路来"噔噔"直响，一条短短的尾巴在屁股上不停地左摇右摆。

在田间的小路上，弟弟把"山花"赶到前面，自己猛地纵身一跃，居然骑到了"山花"的背上。没想到"山花"不仅没有反抗，还驮着表弟跑了起来。骑羊，这情景我还是头一次见到。我连忙追上表弟，急切地说："小弟，快下来，让我骑一会儿！"表弟一跃而下，认真地说："哥，它可是认人的，你可得小心呀！"我一挺胸脯傲慢地说："我不信，它不让我骑，还能把我摔下来不成？"表弟把"山花"牵到我身边，我扶住羊脖子慢慢地坐到它背上。我既高兴又害怕，心想：这次真的要当一回骑士了！

"山花"大概是感觉到背上换了人，立刻又蹦又跳，横冲直撞地跑起来，好像要把我甩下去。我按表弟说的，两腿夹紧羊身，两手紧紧地搂住它的胛骨，一丝也不敢放松，生怕被甩下去。"山花"狂奔了一段之后，见没把我甩下来，只好驮着我慢慢走了起来。我松了口气，直起身子，像一位威风凛凛的骑士凯旋。一时间，兴奋和喜悦占据了我的心头。

突然，"山花"趁我不注意，后腿一使劲儿，半个身子腾了起来。我一不留神儿，被狠狠甩了下来。它看了我一眼，"咩咩"叫了两声，好像在说："咋样，还是把你撂下来了吧！"我揉着发疼的屁股一瘸一拐地走到表弟身边，而他早已笑得前仰后合了。

看来，动物不会说话也能分辨熟人和生人，这话是对的。

（指导教师：钱非）

老　屋

梁怀珏

　　这是一幢破旧的大房子。

　　每当我经过时，它总是默默地站在那里。破旧的高墙，残断的石栏，斑斑驳驳，点缀着无数的青苔。楼下的大院寂寞而孤独，铁制的大门已是锈迹斑斑。庭中种着几株孤单的桂树，桂花开了又落，落了又开，暖风吹下一地的桂花雨。那条总喜欢趴在地上的狗常会抬起头来向门前望望，眼里仿佛有一种莫名的惆怅。有时候，它会在那个古老而又空荡的庭院中踱步，在身后留下一串串不尽的悲伤……

　　于是，我便有了种种猜想。也许这里面曾经住着一位才华横溢的画家，常常坐在这个庭院里画呀画呀，画了无数幅桂花的芬芳。那条狗是他忠诚的伙伴，在他画画的时候，就在他身边走来走去，不停地摇摇尾巴……然而，画家喜欢上了另一个城市，他不再留恋这个地方了。于是，他把庭院交给了他的朋友，请他照料自己的桂树和伙伴。画家走了。桂花如旧，院子如旧，唯有那只狗的眼里留下了永远抹不去的悲伤……

（指导教师：叶光鑫）

085

第四部分　转动生活大圆筒

走进夕阳

陈福森

傍晚，太阳在西边慢慢收敛起自己耀眼的光芒，红脸映着身边的云朵，含蓄而美丽。望着夕阳，我想起了那位老爷爷。

那天，为了找回被我弄丢的试卷，我在学校的垃圾堆里仔细地找着。老爷爷也在那，他是捡垃圾的，他的袋子里装满了废纸、塑料瓶等。看我着急的样子，老爷爷问我了："孩子，你在找什么啊？"我捂着鼻子说："试卷。"老爷爷说："你来看看，我的袋子里有没有？"我走过去，果然在他的袋子里找到了我的试卷。

就在我谢过老爷爷，要离开时，老爷爷摔了一跤，倒在地上。我扶他起来，看到他的腿上已经磨破了一层皮，血流出来了。我说："我扶您去诊所擦点药吧？""没事，就破了点儿皮，不用去花钱了。"老爷爷摆摆手说，说完又低头去捡垃圾了。看着他苍老的脸庞，我再次扶起老爷爷说："夏天到了，伤口很容易发炎的，我陪你去吧，不用很多钱的。"也许是我的真诚感动了老爷爷，他停了下来，由我扶着去了诊所，擦完药还让我把他送回家。

原来老爷爷的儿子在车祸中丧生，儿媳妇带着孙子改嫁了，家里就他一个人。政府每月都补助他，但老爷爷不想吃闲饭，就去捡垃圾，生活自理，还有存钱呢！我想老爷爷七十多岁了，别人都在享受天伦之乐，他却整天在垃圾堆里忙碌着。我佩服他，又心疼他，我决定要帮助他。

接下来的日子，我经常帮助老爷爷捡点垃圾，在垃圾堆里，边聊天边捡垃圾，是很快乐的一件事。周末时，我常常到老爷爷家，和他一起泡茶，听他讲故事，或者帮他扫扫地，擦擦桌子，我们成了忘年交。

夕阳下，一位老人，一位少年，笑容挂在彼此的脸上，多么美丽的风景！我很高兴我能走进夕阳，收获快乐！

（指导教师：陈树林）

因 为 我

邹嘉澂

每每听到《月亮代表我的心》这首歌时，我总会想起那个伴着秋风的夜晚。

那天晚上，我和妈妈从加贝购物广场出来，在路上遇见了一位卖唱的艺人。他矮矮的身材，一头蓬乱的头发，一身脏兮兮的衣着。他推着一个音响，拿着麦克风一边走一边唱着《月亮代表我的心》。动听的歌声，在夜空中荡漾着，引得许多路人驻足倾听。有的人欣赏一会儿就走开了；有的人会走过去给他一些钱。但可恶的是，有些人欣赏着免费的音乐，不仅不给一分钱，而且还嘲笑说："这么矮的人，把男人的脸都丢尽了，还有脸来这儿卖唱，真不知羞……"

听了这句话，一股愤怒的火焰在我心中燃烧起来，人家是为生活所迫，出于无奈才来卖唱的，为什么这么瞧不起人呢？但卖唱的人似乎没有感觉，依旧在秋风中唱着歌。月光透过树叶的缝隙照过来，使他的脸显得很苍白。我攥着五元钱走上前，把钱放在他那破旧的搪瓷碗里。他看着我，微笑了一下，向我点点头。可能是被我的举动震撼了吧，周围的人，从小孩到拄拐杖的老人，都向搪瓷碗走去，捐出了自己的一片爱心。我不经意间回头一看，那人眼中一颗晶莹的泪珠滴在了麦克风上，那是对人们的感激吧。

因为我，卖唱人搪瓷碗中的硬币不再是寥寥几枚；因为我，人们明白了人间处处温情在；因为我，这个晚上的这条街，充满了温情。

（指导教师：叶光鑫）

087

第四部分 转动生活大圆筒

那片模糊的红

张淑文

在一个下着零星小雨的星期日上午，一个女孩儿正站在路边的树下等车，过了好长时间，都没有看见一辆车。正在她失望的时候，一辆红色的三轮车从远处开过来，停在了她的身边。那个两鬓斑白的司机扭过头对她说："小朋友，你要坐车吗？"女孩儿笑着点了点头，那个司机又问："你要去哪里？"女孩儿答道："我要去县城姑姑家。"那个司机不假思索地答应道："那你上来吧。"女孩儿高兴地上了车。

路上，雨哗啦啦地越下越大。

到了县城，女孩儿下车把双手放在头上边遮雨边等公交车。司机见了，转过身把自己的雨伞拿出来，递给这个女孩儿，笑着说："你就用它来挡挡雨吧！"听了这句话，她感到鼻子酸酸的，笑着说："谢谢您了，不过不用了！"司机收回了雨伞。他仰脸看了看天，说："那你站到等车的棚子下吧，这样就淋不到雨了。"这一次，她的泪花已经把眼眶给模糊了。她揉了揉眼睛，站在等车的棚子下。

红色三轮车和那位老司机远去了，在女孩的视野里只留下一模糊的红。

这个女孩儿就是我。经过了这件事，我觉得自己突然长大了，懂得去感受那些平凡、真挚、朴素得好似雨中火花的心。

（指导教师：杨兴雷）

离·归

袁　野

我很幸运，我有一个温馨的家，和所有幸福的家庭一样，有着温柔的母亲、慈祥的父亲。

我从未真正地在乎过我的家，直到有一天———

炎炎夏日，太阳慷慨地撒下一片又一片灼人的阳光。

我得离开家，离开我熟悉的小城，去那陌生遥远的繁华大都市。

只有我一个人，和几个朋友，跟着团队和老师。

离开的路上，我只晓得用茫然的目光望着窗外已看过无数次的景致，淡淡地感受着车轮的滚动，细细地感受离别，怅惘溢满心田。

终于，我踏上了这片完全陌生的土地，新奇和兴奋在血液中欢快流淌。

白天，和伙伴们一起疯，一起去看那我们从没见过的东西，撒下的，只有串串纯净清澈的笑声，叮叮当当。

晚上，灿烂的霓虹灯夺去了星星和月亮的光芒。

望着落寞的月光，心也一样的凄凉。

躺在床上，静静地想家，想起了爸妈。

当我猛然清醒，却惊慌失措地发现一种似水的晶莹透明的液体就要夺眶而出。急忙擦去，只让那孤寂的感觉在体内回流，融入血液。

唯一可以做的，只是在手机上按出一个又一个汉字，让它们载着我沉重的思念，发向远方。

当那温暖的信息来时，温馨的词句，让我的嘴角微微扬起。

现在，又坐上了返回的汽车，怡说，她想家。说这话时，她的眼睛亮亮的，荡着欢悦的涟漪。

我在心里回应：我也是。

车轮滚动着，离家越来越近，思念在脑海中愈来愈强烈。

（指导教师：胡文杰）

089

第四部分　转动生活大圆筒

今夜，我关灯一小时

马婉莹

夜，漆黑一片，天空中群星闪烁，我站在院子中央，抬头眺望浩瀚的星空，北斗七星格外明亮，几颗大点儿的星星朝我眨眼微笑……

早在上周学作文时，赵老师就讲了"地球一小时"活动，动员我们今晚关掉家里的电灯一小时，为保护环境、节约能源做贡献。回到家，我告诉了老爸、老妈，他们一致赞同。

夜幕降临了，我看看小手表，七点多了，于是准备起来。"妈，咱家有没有蜡烛？"我问。

"好像没了。"老妈正在卫生间洗脚。

"那怎么办呢？"我着急了。

"快去商店买吧。"老妈下了命令。我从她那儿领到十元钱，一溜烟跑到村头的小商店。

"莹莹，今晚有电，买蜡烛干吗？"售货员爷爷笑着问我。

"我要参加'地球一小时'活动。"我如实回答。他笑着朝我点点头。

快八点钟了，我赶紧跑进卫生间，搞起"个人卫生"来，洗脸、梳头、刷牙、洗脚，全都火速完成。

八点半到了，老爸、老妈睡了，我关掉家里所有的电灯，并去客厅、灶房把电视、电磁炉等的插头全拔了下来。因为我在书上看过，家电不用时，如果不拔掉插头，它们的能耗依然存在。我点上蜡烛，找出三根红毛线，编起蝴蝶结来。我手里编着蝴蝶结，嘴里哼着《地球你好吗》。不一会儿，一个漂亮的蝴蝶结便在我的手中诞生了。

下面该给地球妈妈写祝福语了。我取出钢笔和三张纸，分别写上：祝地球妈妈永远幸福！祝地球妈妈永远安康！祝地球妈妈永远快乐！我闭上双眼，随手去抓，结果抓到了"祝地球妈妈永远安康！"我甜甜地笑了。

快九点半了，我吹灭蜡烛，走出房间，来到院子中央，眺望星空。我默默地祝福地球妈妈永远幸福安康。

一个小时很快就过去了。今夜，我过得多有意义啊！

（指导教师：赵学潮）

第四部分　转动生活大圆筒

村里的大戏

杨 文

唱大戏是家乡农村文化生活的一项重要活动。元宵节唱、端午节唱、中秋节唱、重阳节唱……唱戏的时间长短不一，少则两三天，多则七八天。九月初九是我们当地的庙会，一般都会唱四天四夜。戏台就搭建在我们学校的操场上，整天锣鼓喧天，自然上不了课，这四个昼夜便成了我们孩子们的"解放日"。

乡亲们大多喜欢看戏，所以一到演戏时间，大人们就不约而同地提着小板凳，三三两两，一边聊天，一边向戏台走去，悠闲自得。我们这些小孩子可没有这么好的耐心，往往是一群一群聚在一块儿，说说笑笑，打打闹闹向戏台挺进。戏台边上摆小摊的人很多。大人们到场后都会找个理想的看戏位置，坐下来静待大戏开演，我们可不一样，个个手里都攥着皱巴巴的几毛钱，徘徊在小摊前，挑来拣去，有时跑遍所有摊点，一样东西也买不上——其实是舍不得花钱。呵呵，可我们以此为乐。

不一会儿，伴着一阵"咚咚锵锵"的锣鼓声，秦腔开始了。大人们都在静静地看戏，有时还会摇头晃脑地跟着哼唱；可我们依旧做着自己的事，因为我们对戏曲根本不感兴趣，来这儿只是为了凑热闹。我们一个追一个满戏场跑，还不时地发出一阵阵怪叫声，大人们好像没听见似的，仍目不转睛地盯着戏台上的黑脸包公，此时的他们对我们这些小孩子似乎特别宽容。我们也就越玩越起劲儿，开心得不得了！

唱大戏的日子我们每天都过得轻松愉快、自由自在。可好时光总是那么短暂，四个昼夜眨眼间就消失得无影无踪了，"丁零零"的铃声代替了锣鼓声，我们不得不把心思又从戏场收回到课堂上，但唱大戏的日子却让我无限留恋！

（指导教师：张瑞霞）

家乡的特产——臭豆腐

孙 楠

我的家乡在黑龙江省克东县，我们那里的特产有：盒子糕、臭豆腐、麻辣烫、火包子……但我最喜欢吃的却是臭豆腐。

今年放暑假的时候，我又回到了奶奶家——黑龙江省克东县。刚进村口就听见小巷子里传来小贩子的叫卖声："臭豆腐，正宗的臭豆腐嘞，又香又便宜了，快来买哟！"提起臭豆腐，我们家乡人都会竖起大拇指，夸它那又臭又香的口味。

刚进家门，我就央求着奶奶，让奶奶给我买那香喷喷的臭豆腐。在我的恳求下，奶奶掏出两元钱给我买了一串。只见摊主把穿成串的、一寸见方的灰绿色的臭豆腐放进了油锅里，转来转去，只听见"吱吱"的响声，不一会儿，臭豆腐就炸好了。摊主又把炸好的豆腐，放进调好的汁里蘸了几下，又抹上了辣椒油，然后将它递给了我。

我接过臭豆腐，急忙把臭豆腐放在嘴边狠狠地咬了一大口，哇！真香啊！真辣啊！我又把剩下的臭豆腐狼吞虎咽地吃完了。啊！太好吃了。我边吃边说："真是所有的山珍海味都比不上它啊！"吃完后，我的嘴又麻又辣，我用手不停地扇着风，嘴里还不停地呼着气。

奶奶看着我狼狈不堪的样子哈哈大笑，一个劲儿地盯着我问："还想要吗？"我一边点点头，一边回味着臭豆腐的美味。如果你是外乡人，来到我的家乡不吃臭豆腐，就等于没吃过最美的佳肴。

（指导教师：姜广生）

093

第四部分 转动生活大圆筒

快乐，其实很简单

宋翰凌

每当我走在芦溪县文化艺术中心附近的袁河路时，便会想起那位叔叔。

那天，我和妈妈刚走下台阶，便听见一阵悦耳的琴声从袁河路传来。快步走过去，看见有一位叔叔正在拉二胡。他看上去有三十多岁，穿戴得很干净。只见他背靠护河栏杆坐着，地上的琴盒里散放着一些零钱。难道是乞丐？不过似乎不像。那位叔叔只顾拉着琴，身子和头部随着曲子的节奏摇晃着，有时还闭上眼睛，似乎陶醉得很，根本就不在意来来往往的行人。行人则来去匆匆，很少有人停下来听一听，偶尔有人往地上扔下一点零钱，但那位叔叔看也不看。

曲子很好听。我想去帮帮那位叔叔，拿着钱正准备过去，妈妈却拉住了我。"知道该怎么做吗？"妈妈轻轻地问。我疑惑地看着妈妈，心想：难道这还不会吗？"你应该把钱轻轻地放进琴盒里，千万不要扔。记住，一定要这样做。"我走到叔叔跟前蹲下来，轻轻地把钱放进盒子。"叔叔，您拉得真好听！"怪了，叔叔竟然对我笑了笑，轻轻地说了声："谢谢！"

妈妈告诉我，我的那个小动作包含了对人的尊重，也是对音乐的尊重。也许那位叔叔一时遇到了困难，但他并不愿丧失尊严，别人的善意会让他感受到温暖。"你没有觉得快乐吗？"妈妈反问我了。

哦！叔叔因为受到别人的尊重而快乐；而我，也因为帮助了别人而快乐。

原来，快乐其实很简单！

（指导教师：刘世辉）

094

"爱的麻辣烫"

李　珍

　　我家有一个小弟，他是爸妈眼中的宝贝，是奶奶心头上的肉。围绕着他，我家天天上演"爱的麻辣烫"。

　　小弟是个小人精，他很乐意别人"宝贝宝贝"地叫他。我喂他吃饭，他不吃，只顾看《天线宝宝》；我哄他，他听烦了："你叫我宝宝，我就吃饭。"我不得不"乖宝宝""好宝宝"地叫。他过来吃了几口饭，又去和他的玩具玩了起来。我急了，他也急了："天线宝宝睡着了，不吃了。"我没辙了，尽管我身高四尺、力大如"牛"，可是硬拿他没半点儿办法。妈妈闻讯而来，夺过他的玩具，吼道："吃饭！"这下他愣住了，拿眼直瞟妈妈，见妈妈脸上没有"堆积云"，便伸长舌头，撑圆眼眶，做出鬼脸。妈妈顿时"阴转雨"，厉声吼道："找打！"这时小弟才变乖了，眼眶里却满是泪花："人家吃嘛！"

　　奶奶见这里又是狂风又是暴雨，跑来，一把罩住小弟，怪起妈妈来："他这么小，这么大声会被吓着的！"妈妈刚要"上诉"，奶奶早抱起她的心头肉飘到自己的房里去了。不一会儿，那里传来了小弟的笑声。循声望去，小弟正戴着爷爷的眼镜，骑着奶奶的蒲扇，上演一场驯马的好戏——惨了，他手中的"马鞭"是妈妈手机的下载线！我赶紧帮妈妈去"拎"回那个捣蛋的家伙。

　　启蒙教育开始了。妈妈拿出一堆学前读物，对这块"蛮荒之地"进行"开垦"。面对如山的资料，我小声地提出不完全是异议的看法——他消化得了吗？话音未落，我就后悔了，妈妈直拿眼睛瞪我："不读书，长大吃个屁！""姐姐吃屁！"那个"汉奸""卖国贼"正指着我笑呢。"读书！"妈妈的嗓门提高了八度。弟弟和我都被震住了。我倒是习惯了，弟弟却被吓哭了，泪珠马上挂出一串。见此情景，妈妈立马站起，关紧门来。这不是怕小弟像悟空似的变成虫子飞走了，倒是怕奶奶先他一步闪进门，抱起那不上进的小家伙飘然而去。真是怕什么来什么，门被敲响了，门外传来奶奶的声音："宝宝怎么又哭了？怕是饿了！走，奶奶给你拿蒙牛牛奶喝！"小弟破涕为笑，得胜将军似的从我眼前飘去。而我，可怜的腿又被老妈的"佛山无影脚"踢中，一阵钻心的痛！

　　唉，我那可恨又可气的小弟呀，围绕着你，我家的"爱的麻辣烫"是时时上演呀！

（指导教师：查美林）

家乡的爆炸瓜

陈雪台

我的老家在铜梁的六赢山下。每逢春天到来时，只要你走进六赢山下的大垭口地界，就会看到一个挨着一个的白瓜秧棚。大棚内覆盖在地上的塑料膜上爬满了翠绿色的瓜蔓。

瓜蔓一个劲儿地往四周伸展，像有使不完的劲儿。这时，瓜农们就会趁着春天的温暖，忙碌着将瓜秧移栽到土里。经历了春风的吹拂和春雨的洗礼，瓜藤舒枝展叶，一到初夏时节，绿油油的瓜藤就会爬满山野。手掌般的瓜叶间，冒出来一朵朵金黄色的花朵，像奏着乐曲的小喇叭。

花儿凋谢过后，一个个小小的爆炸瓜就伸出了小脑袋。随着天气的渐渐变热，瓜也就成熟了。走近瓜地，就可以透过瓜叶看到满地圆溜溜的瓜，它一身绿衣裳，那碧绿的表皮上印着墨色的花条纹，真惹人爱。你可别嫌弃它个儿小。爷爷告诉我：它虽然个儿小，产量却不低，是优良品种，它们三五个挨在一块儿，重量远远超过了一般的大西瓜。的确，它皮儿薄，果肉甜美，多汁少籽。只要你拣上一个成熟的瓜，轻轻一拍，它就会炸开，露出红红的诱人的果肉，保证你会立刻掰开它，咬上一口，顿时，那一股甜蜜、凉爽、清香的汁水就会一直爽到你的心里。

新鲜的瓜好吃，但如果你提几个回家，放到冰箱里冰一下，味道更好。家乡的爆炸瓜，叫我怎能不爱你！

（指导教师：雷刚）

爱的奇迹

陈 珺

在这个五彩缤纷的世界里，因为有爱，你会发现世界是多么美好。爱其实很简单。为父母倒一杯热茶，帮朋友解决难题，给老师献上一束花……这些都是爱。有时候，爱还会创造奇迹。

最近在我的身边就发生了一件充满爱的故事。一位老爷爷因为脑梗塞而变成了植物人，从此意识全无，只能静静地躺着。之后，他的老伴与儿子说什么也不肯放弃治疗。每天一遍遍地呼唤着老爷爷的名字。为了让老爷爷能够早日苏醒，医护人员每天都会为他做一些辅助治疗。每次走进病房，医护人员都会轻轻呼唤着老爷爷的名字，还陪着他的老伴一起给他讲故事，回忆从前，希望能借此唤醒他的意识。日子一天天地过去了，他们每天都在尽心尽力地努力着。

一天，医护人员与往常一样，走进病房给老爷爷检查。奇迹就在此刻出现了，当医护人员习惯性地唤出老爷爷的名字时，老爷爷缓缓睁开了双眼！他打量着眼前的医护人员，并用微弱的声音说道："我想吃线面……"这一刻，在场的所有人已经等待了五百多天了！医护人员兴奋不已，赶紧准备了一碗热腾腾的线面，喂给他吃。家人们也高兴得热泪盈眶，紧紧地相拥而泣……一位植物人被爱唤醒了！这简直就是个奇迹！此刻，我更加确信了一点——爱的力量是无穷的，爱能够创造奇迹！

爱是伟大的！爱是无私的！爱，这个简单的字，却包含了世界上最复杂的感情。只要人人都献出一点爱，世界将会变得更美好。让爱挥洒人间吧！

(指导教师：唐禧)

"凶大叔"

黄雪慧

　　我的邻居刘大叔是个粗人，他有"两大"特征：嗓门大，脾气大。动不动就骂人，还喜欢强词夺理。大家对他既讨厌又害怕，看见他来了，就远远地躲着他。我还偷偷地给他起了个绰号："凶大叔"。

　　有一天，天气晴朗，我到公园里玩耍，玩着玩着，天空突然变脸了，乌云滚滚，闪电不断，"轰隆轰隆"，雷公公也敲起了鼓，不一会，雨滴姐姐已经在路面上跳舞了。于是，我加快步子往家赶。

　　这时，我看见一个老人在马路上徘徊，咦，这么大的雨，老人怎么不赶快躲躲呢？我刚想过去问问，一个人抢先走上前去，第一时间就把伞递给了老人，还关心地问："老人家，没啥事吧？怎么不找地方躲躲雨呢？"咦？这个人怎么那么像"凶大叔"呢？我定神一看，呀，这个人就是"凶大叔"啊！

　　老人说："唉，没事。年轻人，我……我是个盲人，今天突然下雨，我没带雨伞呀！"

　　"没关系，老人家，俺送你回去，您住哪里？""凶大叔"又发话了。

　　"不行啊，我今天一分钱都没赚到，回去要饿肚子的。"老人颤抖着说。

　　"那您先住俺家，明天我再送您回去好吗？""凶大叔"热心地说。

　　"谢……谢谢你啊，年轻人。"老人说。

　　"那走吧，老人家。""凶大叔"嚷着，那声音掩盖了雷声。说罢，就领着老人慢慢地向小区走去。我跟在他们后面，一路上，"凶大叔"尽量把伞往老人那边打，好不容易回到了小区，"凶大叔"的衣服已经湿了一半了。

　　原来"凶大叔"也是个热心肠的人，我以后再也不躲他了。

（指导教师：张淑影）

放 花 炮

吴亚兰

今年三十晚上年夜饭过后，爸爸高兴地说："放炮喽，放炮喽。"我和弟弟争先恐后地冲向楼梯，拼命地往楼上跑。终于跑到天台上了，只见我们家买的许多花炮——满天星、春雷、冲天炮、蝴蝶兰……已经摆好了位置。

爸爸把满天星放在地上点燃了，看，一瞬间就冲上天了，噼里啪啦地响，像一朵朵花似的。哇！真漂亮哦，再往上冲了，先红，再黄，再绿，然后慢慢地散开，再散开，一闪一闪亮晶晶的，霎时给黑暗的夜空增添了一道五彩绚丽的美景！也有在地上点燃的春雷，它的名字非常响亮，响声也很大，烟花也漂亮。不过爸爸说这玩意儿有些危险，所以都是大人点燃，我和弟弟躲在一旁只是观看，边蹦边叫："放炮喽，放炮喽，快跑快跑。"这时的心情真是又紧张又兴奋！生怕花炮炸到身上，炸到眼睛。这种高兴的气氛是平时所没有见过的，这或许就是新年的味道吧。新年的钟声敲响了，家家户户，整个沁林山庄都沉浸在喜庆、热闹的幸福气氛中。

看着爸爸放花炮，我也迫不及待地想自己放了。我苦苦哀求爸爸，总算把花炮弄到手。我按照自己发明的"三一"放炮法来放花炮，一按打火机，一点炮线，然后一跑。"奇怪！怎么没响啊！"凑近一看，原来是没点着我就跑远了。第二次，我点着了花炮，可是，没等我走开两三步，花炮就"砰砰砰"地直响，吓得我的心"怦怦"直跳。

听爸爸说，放花炮的由来是为了驱除邪恶，为新年祈福，这个习俗一直流传到今天。我想，这真是一个有趣的风俗，能给大家增添过年的喜庆与欢乐。

（指导教师：檀鑫超）

走 盲 道

孙 璞

今天一上课，李老师就说要带我们做一个好玩的游戏。听了老师的话，全班同学便议论开来："是什么游戏，真的好玩吗？干吗这么神神秘秘的？"

"我猜一定是玩猫抓老鼠的游戏！""我想一定是带我们捉迷藏，要不老师干吗要带一条毛巾？"我忍不住问老师："老师，到底是做什么游戏呀？"只见李老师转过身，在黑板上工工整整地写了三个大字：走盲道。

看到这个题目，我被弄得丈二和尚——摸不着头脑了，心想：走盲道？什么是盲道？盲道在哪儿？好玩吗？带着满腹的疑问，我们跟着老师走出了教室。

来到"好日子"超市门前，我这才恍然大悟：一条笔直的黄色盲道呈现在我们面前。可我仔细一看简直惊呆了：这，这还是盲道吗？简直就是停车场！三轮车、电动车、自行车都停在了盲道上。我想，要是在这儿收停车费，一天肯定能收到许多的钱。为了保证安全，老师带我们来到了超市东面行人较少的盲道前。

第一个走盲道的是吴思哲，他被蒙上眼睛后，走起路来跌跌撞撞的，还没走几步就碰到了一家商店摆在门前的货架，要不是李老师用手扶住他，他准会摔个"人仰马翻"，而我们肯定会笑得直不起腰。轮到我走了。我被毛巾蒙上眼睛，立刻觉得如同掉入了黑暗的深渊，什么也看不见。我走一步，听一听；走一步，摸一摸；听一听，再摸一摸，这才勉强走到了终点。我回来时也是这么做的，可这趟却不像去的时候那么幸运，我差点儿被货架绊倒。

走盲道是好玩，可我一点儿也高兴不起来。因为我们只走了那么短的一段路，就遇到了那么多的困难，而盲人一辈子都是这样的。我想，我们是不是应该为他们做点什么呢？

（指导教师：陶德智）

第四部分 转动生活大圆筒

那满满的都是爱

丁辰毅

快过年了，我买来了好多擦炮。我在玩擦炮的时候，喜欢把擦炮扔到马路上。看着腾起的硝烟、纷飞的雪末儿，特过瘾！

一辆车子开来了，我扔出的擦炮已经在马路上炸开了。司机也许是心急，也许是担心轧着我，一个急刹车，"砰"的一声，车胎爆了。

当时正下着大雪，地面上满是积雪。车在雪地上打了一个旋儿，差点儿撞着一位探着头的老爷爷。老爷爷七十多岁了，手里拄着一根拐杖，行走十分艰难。我觉得好奇怪，大过年的，这么大年纪的老人家不在家待着，到马路上干吗？

车停了，司机也下来了，司机是个年轻人。"老人家，伤着了没有？"司机急切地问。"还好，没有。"老爷爷说。"快过年了，别人都赶着回家，我那儿子到现在还没回来……怎么？车胎爆了？我回家拿工具来帮你补！""那太谢谢您了！"司机显得十分激动。

站在一边的我，羞愧至极。就在这时，一个年轻人出现在我们的眼前。

"爸！快回家吧！""你回来了！回来就好！""爸，这是怎么了？""刚才……我，我，呵呵——我这车胎爆了。"司机接过了话茬。"爸，我回家拿工具去。快过年了，不早些回去，家里人会急坏的。"

这时，马路上的人多了起来，人们似乎并不觉得天冷得够呛，你瞧这人来人往、忙这忙那的，都围着这辆车转悠。

猛然间，我发现这辆车像是一个圆心，围绕着这个圆心，那满满的都是爱。

（指导教师：叶光鑫）

土家小吃——酸萝卜

全蔚巍

双休日的一天，奶奶买了一篮红得发亮的萝卜回家了。我吵着要和奶奶一起制作酸萝卜。

我兴奋地把一篮鲜红的萝卜倒进了水池。一个一个用手摸着洗。还用小刀把胡须刮干净。再用清水冲洗，放进滤水的篮里。奶奶拿起菜刀，"嗞嗞嗞——"轻轻地把萝卜削去一层皮。接着，切成厚薄均匀的片，一片一片放进簸箕里，晒在了阳台上。我好奇地问："奶奶，为什么不将萝卜片直接放进坛里泡哇？""晒晒水气，泡出来的酸萝卜更好吃。"奶奶微笑着。

过了一个小时，奶奶跑上阳台，将簸箕里的萝卜片翻了个身。又过一个小时，奶奶说可以把萝卜装坛了。我立马端来晒去水分的萝卜片，和奶奶一块儿把萝卜片一片一片放进了事先准备好的、盛有冷开水的透明的玻璃坛里。最后，奶奶用透明胶封严坛口，盖上盖子，温和地对我说："孙子，现在就耐心等待吧！"

大约过了一个星期，酸萝卜开坛了。奶奶一边开封，一边对我说："如果事先在冷开水里加点醋，这酸萝卜只要两三天就可以吃。""哦！"我点了点头。红中泛白，清新鲜美的酸萝卜在向我招手了。我咽了咽口水，伸手就去抓。"哎哎哎！"奶奶推开我的手，"别急，还要加作料呢！"

奶奶用筷子夹出了一碗，加上盐、辣椒、胡椒，拌了拌，对我说："你爱吃甜的，也可加些白糖。"我便放了一勺白糖，奶奶又拌了拌。呀！我口水都流出来了，马上往嘴里放了一块。

"咔嚓，咔嚓！"像奏起了《土家人酸萝卜小曲》，这声音清脆悦耳。

（指导教师：周润生）

第四部分 转动生活大圆筒

103

爱上灰太狼与懒羊羊

赵芸卿

动画片《喜羊羊与灰太狼》的主要角色，分别是喜欢发明创造的灰太狼、二十四小时在睡梦中度过的懒羊羊，还有聪明帅气的喜羊羊。

聪明、帅气的喜羊羊是很多孩子的偶像，这些孩子认为他头脑灵活、乐观向上、帅气十足，是一个人来到这个世界的最高奖赏了。

可我呢，我的答案不一样。我在看的时候，并没有被喜羊羊的聪明、帅气吸引过去，而是喜欢上了"反面人物"的懒羊羊与灰太狼。

为什么呢？我也不知道，反正我喜欢。可能是懒羊羊与灰太狼这两个形象更符合"舒服人生"的美妙构想，或者他们两个活得活色生香，让人不喜欢都难吧！

104

其实，细想下去，我喜欢灰太狼的原因，是因为灰太狼聪明能干、热爱劳动。家里的大事小事，都少不了他。有时在做家务劳动中，突发捕羊灵感，让我大叹灰太狼简直就是经营大师、创业天才。可惜呀，他是一只贪婪的狼……

我还喜欢可爱的懒羊羊。因为每次被灰太狼抓去时都有人救他，真是懒人有懒福！危难之际，总能遇难成祥。为什么生活如此美妙，令人羡慕不已……

难怪现在流行这样一句话："做人就做懒羊羊，嫁人就嫁灰太狼。"嘻嘻，懒与灰这些贬义词命名的动物，受如此拥戴，并不是本小妹一个人的怪念头。

呜呼，现在这句话的幽默力量正在发酵，无论多土的人嘴里时不时都会冒出这句话来，你说灰太狼和懒羊羊他们多有名呀！

不过灰太狼捉羊总不成功，这又是为什么呢？谁能告诉我……这可得好好想想。

（指导教师：傅秀宏）

古筝恋曲

陈 敏

如果说书籍是人类精神的食粮，那么古筝就是耳朵的盛宴：焦躁时，它使你平静；无助时，它使你感到温馨；苦闷时，它使你豁达；悲伤时，它使你振作。我愿在古筝曲中成长，脱去一切的伪装，卸下繁重的行囊，洗尽铅华，依偎在它博大而温暖的怀抱中。

记得初识古筝，看见那近乎一致的琴弦，有一种晕晕的感觉。后来从认识琴弦，到弹奏简单的练习曲，再到弹奏整首曲子，每一步都感觉很是简单。古筝的曲目不同，给人不同的感受：《春苗》清脆悦耳，让人神清气爽；《孟姜女》声音低沉，使人心情平静；《渔舟唱晚》声音舒缓，让人陶醉……听古筝那高山流水般动听的声音，仿佛自己也在那美丽怡人的景色中站立着，身临其境，陶醉其中。

105

我是个痴爱古乐律的女孩。古筝，正因低音、高音分明，音质清冽，深远动人，才表达出相去甚远的心情。每当我坐到古筝面前，仿佛就进入了另一个玄妙的世界。我钟爱古筝，也钟爱古筝赋予这个世界的静谧柔美的音色。

在绝妙音色的衬托下，音符便如同一个个的小天使，带着一抹微笑，带着一丝调皮，从我的指间轻轻溜出，连缀成彩虹般美丽的乐章。音符们柔柔的，一个接着一个，张开小嘴，把弹奏者的心情，借着那圆滑的乐曲，轻轻地唱了出来。于是，甜甜的世界，仿佛充满着花香的气味。我全身的细胞，如饮了甜甜的花酒，醉倒在音符的怀抱里了。

学习古筝，每学期都有不同的感受。初学时，作业少，对古筝的新奇使我兴趣浓厚，盼着星期天快快来。第二学期便难熬了，作业总是忘了做，到学校经常被老师批评。第三学期就好了，每当有同学练得不好时，老师便大发雷霆，留我们在学校练，再加课，之后便渐入佳境了！

随着几年的苦练，《秦桑曲》的悲泣、《战台风》的激烈、《将军令》的壮观，都注入了我的魂魄。我喜欢古筝，喜欢用心聆听那悠长的历史况味。弹奏古筝，使我进入了"筝人合一"的忘我境界。蹁跹在古筝的世界中，有多少真情与我同舞？

古筝，我的最爱！

（指导教师：傅秀宏）

第五部分

小豆豆大世界

　　世间之爱，无处不在。而当两种爱遇上时，一切都将发生改变。

　　　　　　　　　　　　——王麦池《当爱遇上爱》

八哥定居在我家

陈子康

去年五月，我和伙伴们掏鸟窝，捉到四只小八哥，我分到一只"战利品"。回到家，我把八哥看得像宝贝一样，特意为它买回一个精致的鸟笼，还找来一块棉絮垫窝。每天上学之前，我总是为它把食物、水准备好。一有时间我就为它捉青虫、蚱蜢。开始喂它时，它总躲到笼子的另一侧惊恐地瞪着我。时间长了，八哥慢慢地不怕我了，一见到我就叽叽喳喳地叫个不停，好像见到好朋友似的。

一天晚上，伙伴们约我去看马戏，当时走得太急，没关好鸟笼门。看马戏回来，我发现桌上的饭菜被糟蹋得一团糟，旁边还有一团鸟粪。"八哥跑了？"我心里一惊，连忙去看。鸟笼门大开，八哥竟安静地在笼里睡大觉。我不由得一阵高兴：鸟笼成了八哥的家，它是不是不会跑了？于是，每天放学回家，我便把门窗关严，打开鸟笼，让八哥在屋内自由飞翔、玩耍。后来我用线系着它的腿让它在屋外飞。慢慢地，只要我外出，八哥都跟我出门，不是停在我的肩头，就是在我脚边蹦蹦跳跳。一天，我做了一个大胆的尝试：解掉它腿上的线，把它引出屋外，结果八哥总是不离我左右。

从此，八哥便能在室外自由自在地生活了。现在，它定居在我家，成了我最好的朋友。

（指导教师：刘艳华）

不吃糖的小猫

潘君婷

一个阳光明媚的星期六下午，我和爸爸妈妈在楼下散步，走着走着，看见一只小猫正躺在青草窝里懒洋洋地晒太阳。我便找来一根长长的木棍去逗它玩，它"刷"的一下抓住棍子，闭上眼睛轻轻地咬起来。我想，它的牙齿正在发育中，在磨牙吧。爸爸说："小猫在和你玩呢。"可妈妈说："它饿了。"

我用手指头去逗它，小猫"嗖"的一下冲着我的手指头扑了过来，我连忙收回手指。看来它都饿得产生幻觉，把我的手指头当香肠了。我得救它。

我掏出一小块巧克力放在它面前，那只猫低下头看了看又闻了闻就走开了——它不吃巧克力！我又向爸爸妈妈要了一块糖果追上去，喂那只猫。它看了看，伸出爪子轻轻地拍了一下我的手，可能是为了表示谢意吧，然后伸了个懒腰继续晒太阳，并没有吃的意思。它为什么又不吃糖果呢？哦，也许猫不吃甜的东西吧。

正在我无计可施的时候，小红妈妈从楼上扔下一袋食物来支援我了。里面有鱼有虾，还有热乎乎的肉丸子和香喷喷的红烧肉。我先扔了一只虾给它吃，小猫一闻到虾的腥味，立刻扑上去，一口就吃完了，真是"哪有不吃腥的猫"啊。我马上把其余的食物倒在它面前，小猫围着肉丸子转了一圈，又闻了一下，想吃，可能是因为小红妈妈把肉丸子切成了片，太扁了，咬不起来，它就用爪子把肉丸子翻一下，然后嘎吱嘎吱地吃了起来，真聪明！最后只剩下红烧肉了，小猫先闻了闻，又小心地咬了一小口，然后舔了舔嘴唇掉头走了，它可真是一点儿糖也不沾啊。

小猫迎着阳光走出青草地，回头看了我一眼，"喵"地叫了一声，竖着尾巴，扭着屁股，迈着"猫步"，心满意足地走了。

（指导教师：郭秋红）

109

第五部分 小豆豆大世界

营救小蝌蚪

孟　蕾

听说村东头的一个沙坑里有蝌蚪，而且都长出了腿，我便和好朋友瑶瑶、小诚约好星期天去看看。骑着自行车来到村东头，真的发现了一个小水坑。坑里面的水非常少，小蝌蚪们挤成一团。我想它们一定很难受，不行，得救一救小蝌蚪，不然水越来越少，小蝌蚪就没命了。机灵鬼瑶瑶眼珠一转，说："要不，我们把它们运进河里？"我们都举双手赞成。

我们几个找了几个塑料袋套在一起。小诚用了一个小盒子小心翼翼地把小蝌蚪舀进塑料袋，还自言自语道："别害怕，小蝌蚪，我们想救你，不是要伤害你。"装好了小蝌蚪，我和小诚拎起袋子就急匆匆地向村边的小河走去，瑶瑶在一旁"护驾"。走了一会儿我嫌太慢，就提议骑自行车。可就在我们骑车走路时，水洒出来很多。瑶瑶汗都急出来了："骑车根本不行，还是快走吧。"我们加快了速度，一路小跑起来。也许太急了吧，袋子裂了一个大口子，小蝌蚪都漏了出来！看到小蝌蚪在地上挣扎的样子，我们心里真不是滋味。大家手忙脚乱地把小蝌蚪捡起来。

终于赶到了小河边，我们小心地把小蝌蚪放进河中。小蝌蚪在水里摇头摆尾，好像在感谢我们呢。我们互相看了看，头发都被汗湿透了，可我们心里乐滋滋的。

（指导教师：徐宏伟）

110

当爱遇上爱

王麦池

世间之爱，无处不在。而当两种爱遇上时，一切都将发生改变。

——题记

"宠" 爱

最近，楼下来了一只猫。猫没有什么稀奇，稀奇的是那只猫竟只有三条腿，走起路来晃晃悠悠的，没走几步便倒在路边。仔细一瞧，猫身上早已伤痕累累。我和几个同伴看了都觉得怪心疼的，不禁摇了摇头，发出一片唏嘘声。有一次，我们跟着这只"三脚猫"，偶然发现了在草丛中的猫洞。

早晨，我喝着可口的牛奶路过猫洞。我呆望着猫洞，沉思了几秒钟，突然眼前一亮，我迅速跑到猫洞前，把剩下的大半瓶牛奶和一大片面包全倒在了洞口。我躲在一旁，只见小猫试探性地往洞外东张西望了一会儿，又瞅了一下食物便又缩回去，不一会儿又小心翼翼地舔了一口牛奶，确定没有危险后，便大口大口地吃起来，发出幸福的"喵呜"声。我见了，脸上露出了欣慰的笑容。

从此每天早晨，总有一个男孩在猫洞旁守候着……

"亲" 爱

最近不知怎的，小猫出来的次数越来越少了。一次，我出于好奇，便又凑到猫洞前，准备看个清楚。然而眼前的一幕令我吃惊——三只小猫依偎在母猫的身边，投入那温暖的母爱的怀抱。母猫慈爱地看着它们，不时用嘴巴舔舔它们身上的毛。母猫弓着身子，对它们更显亲爱。幸福的一家子就在这一个"避风港"里安静地睡着。

我激动地跑回家，一打开家门就喊："妈妈，小猫生孩子啦，小猫生孩子啦……"

爱的相遇

第二天，我特地多带了两瓶牛奶和几片面包。"小猫们看了一定会非常高兴的！"我美美地想，想着小猫们见到食物后欢呼雀跃的情景。

我像往常一样把食物递了进去。看见小猫这么可爱，我忍不住摸了一下小猫。"啊……"我不由得惊叫了起来，赶紧把手缩回来。只见手背上有一道鲜红的爪印。我蹲下身往洞里一看，看见了母猫那愤怒的神情。我不敢再多做什么，只得赶紧去上学。

第二天，猫洞里空空如也。

当两种爱相遇时，不一定就是好事。当人们情不自禁地"爱"时，有时可能会适得其反。

（指导教师：陈伯强）

两只小鸟

陈裕灿

李老师的课英子一直没听进去，自从李老师提着那两只小鸟走进办公室后，英子就一直在想昨天的课文。

昨天李老师教《两只鸟蛋》，课文说的是一个小男孩从鸟窝里掏了两只鸟蛋，他妈妈告诉他，两只鸟蛋会变成两只小鸟，鸟蛋不见了，鸟妈妈会着急的，小男孩就把鸟蛋放回鸟窝。全班的同学都相信那两只鸟蛋会变成两只小鸟的。可是，早自习下课时，英子看到一个老汉给李老师两只小鸟，那鸟是要给李老师的孩子吃的，因为英子听那老汉对李老师说："这鸟，小孩吃最好了。"李老师给钱时，老汉问李老师要不要帮忙杀了，李老师迟疑了一会说："不用了，我回去自己看着办。"

英子一直觉得那两只小鸟就是鸟妈妈和鸟爸爸，她已经仔细看了好几遍书上的插图，她确定一定是。她一直想，没有了爸爸妈妈，当鸟蛋变成小鸟时，饿了，谁给它们捉虫子吃？渴了，谁给它们喝水？冷了，谁为它们取暖？英子想了很久，也想了很多。李老师几次把目光投向她，她回过神儿来又陷入深思。怎么办呢？她一定要救那两只小鸟……终于，老师提问了，英子举起了手。老师叫她了，英子说："老师，我要是回答对了，您能不能答应我一个条件呢？"李老师点点头，英子大声说："您能不能放了刚才买的小鸟？""为什么呢？"李老师一愣。"因为我觉得那两只小鸟是昨天那两只鸟蛋的爸爸妈妈。"英子小声地说。

李老师的脸红了，她很快地去办公室拿来小鸟，对英子说："走，咱们去放了它们。"英子笑了，英子从来没有笑得这么灿烂过。

（指导教师：陈树林）

我有了一个家

田欣雨

我是一只狗，一只年老体弱的狗，一只四处漂泊的流浪狗。

我天天在街上流浪，饥一顿饱一顿。运气好，还能在垃圾堆边吃点儿残羹剩饭；运气不好，就只有挨饿的份儿。晚上，没有避风的窝，只好随便找个地方凑合凑合。有时心想：我为人类服务，人类竟然这么绝情！但是，我不相信，人们真的这么无情，人间应该还有爱。

那是一个暑假，我正在街边流浪，遇到了一个小女孩，她善良、纯真。见了我，她的眼中流露出对我的怜悯。自从遇到她，我的每一天都是快乐的。她每天都把自己吃的食物分一部分给我吃，有时还把她妈妈做的红烧肉也给我。有时带我到公园里散步，有时带着我一起爬山，去看风景。我们一块比赛，我的心里别提多高兴了！她请求她爸爸妈妈把我接回家，没有想到她爸爸妈妈满口答应。就这样，她把我带回了家，我成了她家的一分子。我听见她爸爸妈妈叫她莹莹。她帮我找了一个避风又凉爽的地方，然后找来一个纸盒子，垫上她曾经穿过的衣服，给我做了一个温暖的家。

以后，每天早晨我送她上学，放学后接她回家。但是不幸的事情发生了：有一天我去接莹莹，因为太高兴了，没有注意到公路上的车辆，结果被车撞了。莹莹闻讯赶来，见了我的样子，都心疼得哭了。她取出纸为我擦血，还为我买药。晚上回家了，还仔细查看我的伤口，每天帮我上药。在莹莹的精心照顾下，我的伤口慢慢好了。

纯真、善良的小女孩，结束了我的流浪生涯。我终于有了一个家！

（指导教师：陈娥）

保护花朵的小英雄

徐一诺

下午回到家的时候，我看见院子里的太阳花开了。这太阳花真漂亮，绿绿的小叶子一片片地排立着，犹如"喷泉花"，在这绿的"喷泉花"中，红的、白的、紫的……花儿正迎着朝阳灿烂地开着。我看得呆住了。

突然飞来几只小蜜蜂，围着太阳花嗡嗡嗡嗡地吵闹着，蜜蜂们在采蜜呢！我突然想到：这么漂亮的太阳花，它们的花蜜如果让蜜蜂给采走，不就变得不漂亮了吗？哼，搞破坏，看我怎么收拾你？

我匆匆忙忙地拿来苍蝇拍，对着小蜜蜂左一拍、右一拍，开始了"保护花朵"的工作。谁知道蜜蜂不怕苍蝇拍，竟然朝着我冲过来，在我的手臂上叮了一下。好疼，好痒……我揉揉手臂，看到一个红红的"小包"肿了起来。

我并没有就这么退缩，我要跟小蜜蜂决战到底。我跑到家里，拿了几只塑料袋，把手臂包起来，又冲了出去。哼，这下子，看你怎么叮我。

谁知道蜜蜂很机灵，知道手臂叮不了，居然冲到我的额头上，在我的额头上叮了一个"包"。我彻底被小小的蜜蜂打败了。

过了一会儿，妈妈回来了，看到我额头上的红红的"包"，问我是怎么回事。我很气愤地把蜜蜂搞破坏、我和蜜蜂英勇作战的事情告诉了妈妈。

妈妈听了，哈哈大笑说："蜜蜂那是给太阳花传授花粉呢，是在帮助太阳花。"

妈妈的回答让我脸红了。我又查了资料，原来蜜蜂是在做好事啊，而且它们叮了人之后，也活不了几天了。

"小蜜蜂，对不起啊！"我在心里默默地说。

（指导教师：林丙程）

我爱我的"乌鸦"

张潮雨

我养着一只兔子，由于它全身通黑，于是我给它取名"乌鸦"。我和"乌鸦"的趣事很多很多，我给大家讲两件呢。

一天，我正在给"乌鸦"喂菜叶，喂着喂着，我突发奇想，要学西班牙斗牛士斗斗"乌鸦"。于是，我把"乌鸦"从笼子里放出来。"乌鸦"当牛，我当斗牛士。我翻找来一块红布，放在我的身子前，左晃晃右晃晃，"乌鸦"看见了不仅没像猛牛一样向我冲来，还吓得浑身直打哆嗦。唉，胆小的"乌鸦"，我把胳膊都抖累了，它也没冲过来一次，我只好闷闷不乐地把它放回笼子里。

一次，我在家闲得无聊，突然想起有许多人喜欢遛狗。我家没有狗，只有小兔，我干脆去遛兔吧。于是，我从贮物间找来一根生了锈的狗链子，套在"乌鸦"的脖子上，套着它就去街上溜达去了。街上的人见到我遛兔子，就像见到怪物一样，纷纷看着我笑。唉，他们也太落伍了，遛兔子都没见过。

"乌鸦"带给我很多快乐，我也非常爱它，我们俩就像亲密的兄弟，希望永远也不要分离。

（指导教师：吕寻）

它的名字叫闪电

陈心悦

乡下外婆家有一条小狗，叫闪电。

它的名字是我起的，这是完全属于我自己的名字，因为，我很少在别人面前提起"闪电"这两个字，这是属于我和闪电之间的秘密。

别看它长得比较小，可它跑得快，动作迅速，那速度就好像闪电一样。它的一举一动，都向我证明它"闪电"的特征。那天，我又想同闪电一起去捉小鱼，我在卧室里找了好几圈，没有。去客厅里找，没有。去浴室里找，还是没有。"嗯，这个闪电又去哪里找骂了？"我叉着腰，自言自语道，"嗯，对了，可以问一下叔叔啊。""叔叔，你有没有看见闪电啊？""什么闪电啊？""啊，就是那条小黄狗啊。"我只能说闪电是一只小狗，说大狗，叔叔会不乐意的。因为他家就有一只剽悍强壮的大狼狗，我曾经也想把闪电培养成他家的那样，后来我才明白，闪电不是狼狗，培育不成那样。就因为这个，我还难过了好一阵子呢。"哦，它呀，你去稻谷堆上找找吧！"叔叔头也没抬一下。我连忙直奔稻谷堆而去。嗨，被叔叔说中了，闪电还真在那儿！我悄悄地走近它，想趁它不注意时，一把抱住它。可就在我准备扑上去的同时，闪电一跃而起，那速度真像一道黄色的闪电，一下子跳得远远的。我来不及刹车，"扑通"一声扑在了稻谷堆上，一大群鸟被惊飞了，"叽叽喳喳"的声音随着稻谷堆散架的"哗啦啦"声飞上了天。

远处，闪电从草丛里探出了毛茸茸的小脑袋，"汪汪"地叫着，似乎在向我示威。闪电啊，真是我的好伙伴！

（指导教师：徐守文）

第五部分 小豆豆大世界

养 蟹

陈昱卓

妈妈带回了六只气势汹汹的大螃蟹，并对我说："这是送给爷爷奶奶的。"

我一看到螃蟹，心里就打起了主意，凑到妈妈跟前，恳求妈妈给我养一只。妈妈说："别忘了，螃蟹可会夹人的呀！上次你抓螃蟹的时候，就被它夹破了手，到现在还有夹痕呢！怎么你又想养了？"尽管我苦苦哀求，可是妈妈就是不同意。我想：嘴皮敌不过妈妈，就用"持久战术"战胜她。渐渐地，妈妈熬不过我，只好说："那好吧，你被夹住了，我可不管。"

我开始养起了螃蟹，这螃蟹很不听话，经常跑出来，要么就躲到床底下，要么就躲到桌子下，真是每天都闲不住。妈妈劝我把它蒸掉吃了，我就是不愿意。

"哎哟——哎哟，好疼呀！"我又中招了，螃蟹的大钳子夹住了我的手。我使劲地把螃蟹往地上一磕，它才松了下来。螃蟹乘机又爬走了，不知道到了什么地方。我找不着它，只好灰溜溜地去休息。我躺在床上，越想越生气，心想，我一定要抓住螃蟹。我灵机一动，何不试试"小猫钓蟹"的办法呢？我就用一个塑料盆，里面放入水，再准备一根芦苇，在芦苇上涂上菜油，引诱螃蟹出来。很快，螃蟹闻到了菜油的味道，从角落里钻出来，慢慢爬上了芦苇。随着"咚"的一声，螃蟹掉进了水里。

有一天，我想，我每天把螃蟹放在家里，它是不是很孤独呀！如果妈妈每天把我关在家里，我也会很寂寞的，不如给它找一个家，让它自由自在地生活，那多好啊！于是，我就对妈妈说："妈妈，妈妈，螃蟹一个人待在家里很孤独，我想给它找一个家。"那天是星期天，天气很晴朗，我带着心爱的螃蟹来到了长江边，轻轻地把它放回了属于它自己的家。

（指导教师：徐宁文）

浣熊得救了

陈星琪

　　星期天，爸爸的同事在"野味大酒楼"举行盛大的婚宴，我和爸爸妈妈一起赴宴。

　　来到酒楼，客人已经到了不少。大家都向新郎新娘祝贺，谈笑风生。突然，我听到有客人在议论："听说有人从云南贩来几只浣熊，目前已进入我们地区，警察正抓紧搜查呢！""是啊，那些人也真是狠心，为了得到一张完整的皮，竟在浣熊没有死亡的情况下，活生生地剥下它的皮！""你们可能不知道吧，被扒去毛皮的浣熊尸体，最后竟冒充猪肉、牛肉或羊肉，出现在餐馆的宴席上。"……浣熊是国家一级保护动物，岂能这样被残忍地杀害？我不禁义愤填膺！

　　开宴还得一会儿，我想上卫生间，便向餐厅后门走去。这条通道也连着酒楼的工作区，刚出后门，我就被一名服务员拦住了："对不起，卫生间暂时关闭。"真奇怪，这么大的酒楼，哪有不让客人上卫生间的，莫非有什么不可告人的秘密？强烈的好奇心驱使我趁服务员不备偷偷溜到了工作区。啊！我差点儿叫出声来——在屠宰间，我竟发现了一只浣熊！没看花眼吧？我使劲儿揉揉眼睛，再仔细一看：没错，真是一只浣熊，跟电视上的浣熊一模一样！

　　我不动声色地悄悄退回来，向爸爸要来手机，迅速拨通了"110"。仅三分钟，警察就赶到了酒楼。屠宰间里，梁上垂下的挂钩还在空中晃荡，剥皮用的刀具磨得闪闪发亮。被摔得昏死过去的浣熊尾部已被屠宰师用刀划开了一个口子。屠宰师正举着斧头，准备剁下浣熊的脚。"住手！"随着一声大喝，屠宰师被抓了起来。

　　剧烈的疼痛使浣熊苏醒过来。它不断地哀嚎、挣扎着，真是惨不忍睹。警察兵分两路，一路将酒楼经理带走审查，一路将受伤的浣熊送往医院。看着得救的浣熊，我终于长舒了一口气……

（指导教师：刘克锡）

书包，感谢你呀

方正圆

书包，感谢你呀！从我上幼儿园的那天开始，无论是刮风，还是下雨，你都陪伴着我，毫无怨言。

你给了我多少帮助？如果没有你，我上课用的书就得左手拿几本，右手拿几本，腋下夹几本，头上再顶几本，嘴里再叼一个笔袋，那多麻烦啊！如果用袋子装的话，很有可能袋子太小，或者是因为学习用品过重而导致袋子破裂。书包，你给了我多少帮助啊！真应该好好谢谢你。

今天，我把你换下来，让妈妈给你"洗澡"。起初，妈妈的动作还是十分地轻，十分地柔和，给你这里蹭一蹭、那里擦一擦，你也十分听话地"躺"着，任她给你洗，给你"按摩"。后来，妈妈看见一个地方特别脏，用肥皂怎么洗也洗不干净，污渍还是十分顽固地留在你的身上。妈妈有些不耐烦了，她嘀咕着："沾上什么了，洗也洗不干净，搓也搓不掉，看来只能使用绝招！"只见妈妈找来一把很久不用的刷子。我在门外看到之后，暗想，难道要拿刷子来"治理"我的书包？只见妈妈往书包上倒了一些去污粉，然后用刷子使劲地刷。你变干净了，可是身上却起了"泡"，长出了小"胡须"。我的心里隐隐作痛。唉！这都怪我平时只在乎你的使用功能，而忽略了了对你的关爱……

书包，你任劳任怨，默默无闻，每天辛辛苦苦地陪着我，我真应该好好谢谢你！

（指导教师：唐禧）

我的"黑伙伴"

邹 昕

上三年级时的一天，因为老师要我们听英语，所以我和爸爸匆匆去超市买下了它。

回家后，我兴奋了好一阵，可我回过头来打量，却发现它全身不是灰就是黑，简直比一个糟老头子还难看。再看看它的腰围，有近七厘米，再看身高，也有六七厘米，根本不比那MP3轻巧。对比来对比去，我的心情越来越低落，对它的好感直降为零，我想，以后再也不要用这个黑家伙了。

过了好几周，英语课上我都很顺利，不用问父母，更不用问复读机。可是，当学到第九课时，我却遇上了"拦路虎"。这不，预习的时候，我不知道"visited"怎么念，我不好意思问爸爸妈妈，要是问了，他们肯定会说："给你买了复读机了，自己去听。"看来，我的"以后再也不要用黑家伙"的誓言得作废了。我在自己的房间里东翻翻西找找，心里急得不行，心想，如果找不到这个黑家伙，那我今天只好罢工了。哈，终于找到了，再看看它，其实长得不丑，还挺可爱的。我插上电源，一遍又一遍地听，一遍又一遍地读，直到练得滚瓜烂熟。第二天，英语老师直夸我这个单词念得标准，我高兴极了。看来，外表不重要，只要好用能帮助我学习就行，我以后可不能叫它黑家伙了，应该叫它"黑伙伴"。

从此，只要一遇到什么难读的英语单词，我都会找到这个黑伙伴，和它一起学习。我的英语成绩突飞猛进，还在学校的英语竞赛上得了奖呢。

谢谢你，我的学习小助手！谢谢你，我的黑伙伴！

（指导教师：唐禧）

我的小金鱼

王何馨

去年春天，我和爸爸去市场上买了两条小金鱼，一条红色，一条黑色。

自从有了这两条小金鱼，我可忙碌了，天天给它们换水、喂食，一点儿都不敢马虎。

可是，好景不长。两个月后的一天早上，我突然发现红金鱼一动不动了。走近一看，我不禁大吃一惊——我心爱的那条红金鱼竟然死了！

所幸的是，那条黑色的小金鱼仍然在鱼缸中自在地游来游去。我赶紧给幸存下来的黑金鱼换水、喂食。这之后，我更加精心地饲养小黑金鱼。小黑金鱼也一直生活得很好。

今年暑假，我和爸爸、妈妈去上海玩了五天。回到家后，我第一件事就是看看小黑金鱼还在不在。真没想到——虽然已经连续五天没换水、没喂食，小金鱼却依然活泼地游来游去。一见我，它游得更欢了，好像在说："瞧，我多有精神！"那一瞬间，我被小金鱼顽强的生命力深深地震撼了，我在心里默默地赞美它："小金鱼，你真棒！"

慢慢地，我和这条小金鱼产生了深厚的感情。每次放学回家，我都要去金鱼缸旁边看看它，空闲时和它"说说话"。小金鱼成了我生活中不可缺少的一部分，它使我的生活充满了快乐。

但是，不幸的事情发生了。一天晚上，妈妈在给小金鱼换水时，不小心碰伤了它，把可怜的小金鱼给弄了个肚皮朝天。我一见，顿时哭了起来，边哭边责怪妈妈的不小心。那一夜，我一直惦记着小金鱼，心中不停地祈祷："小金鱼，挺住！"

第二天清早，我迫不及待地跑去看小金鱼。它还是昨晚那个样，肚皮朝上，浮在水面上。我使劲地摇鱼缸，可金鱼一动也不动。我的眼泪又夺眶而出……

　　小金鱼虽然已经不在我的身边了，但我时时想起它们。每一次想起，我都是泪水涟涟……

（指导教师：许德鸿）

猫叫声声

戚 淳

中午，我和两个同学在操场上玩。突然，几声微弱的猫叫声吸引了我们的注意力。我们循声来到了沙坑后面的一堆建筑钢管旁。猫叫声突然停止了。我们分头找呀，找呀……终于，我发现了被困在建筑材料中的四只小猫。它们分别被困在三个地方，有的互相卡在一起动弹不了，有的在狭小的空间里转不了身子……也不知道它们是怎么钻进去的，在里面待多久了？

见到我们，小猫又叫了起来，那声音十分凄惨，那会说话的眼睛哀求地看着我们，好像在说："快救救我们吧！"我们再也忍不住了，于是，一场救援行动开始了。

可是，面对着一堆横七竖八、交错在一起的钢管，我们束手无策。

很快，我想到了杠杆原理。我们找来两根结实的木棍，把它们摆成十字形，架在钢管上。三个人一起站在木棍的一头，用三个人的力气才把钢管撬了起来。

终于，我们救出了第一只小猫。看到它舒服地伸展着瘦小的身躯，我们觉得很有成就感。

我们准备营救另外三只小猫，却发现困难来了。我们撬动这边的钢管，那边的小猫就会被压到；我们撬那边的钢管，这边的小猫就会被压到，真是难办。

三个臭皮匠，顶个诸葛亮。我们终于想出了一个两全其美的办法——三个人分别在三个位置一起往外用力推拉钢管，让小猫被困的空间渐渐变大……

三只小猫先后钻了出来，还对着我们甜甜地叫了几声，才跑进了草丛里。

草丛里又传来了小猫此起彼落的叫声……

（指导教师：蔡玲玲）

第六部分

像花儿一样绽放

在很久很久以前，每一个星星都是一个仙女。如果仙女喜欢你，你向她许愿的话，愿望就会实现……

——胡雯郡《心语星愿》

剪刘海儿

苏致琳

新年快到了。班上许多同学都剪刘海了，我觉得剪了挺漂亮的，便也想剪。于是，我回家跟妈妈商量，妈妈同意了。

星期天，妈妈带我去理发店——"风之秀"。哇，好多人呀！有的在做离子烫，有的在烫卷发，有的在染发……

好不容易轮到我了，阿姨带我到里间洗头发。她和气地说："小朋友，你是站着洗，还是躺着洗呢？"我顿时心花怒放，竟然还能躺着洗，当然得试试。阿姨给我把头发湿了一遍，抹上洗头膏，在我头上来回搓，柔柔的轻轻的，好舒服，我都快睡着了。阿姨拍拍我的肩膀，我才回过神儿，不好意思地站起来，随阿姨来到外屋，坐到椅子上。她把座位增高了许多，然后给我系上围布。她把我后面的头发往前一翻，又梳了一梳，左瞧瞧，右看看，前后比画，忙乎起来。过了一会儿，阿姨弯腰对我说："小朋友，看，剪好了。"我赶快睁开眼，看着镜子里齐眉的一排整齐的"哨兵"，不住地点头。等在一旁的妈妈也露出了满意的微笑。这时，阿姨又用吹风机"呼呼"地吹，使头发蓬松有型。付了钱，我满心欢喜地和妈妈离开了理发店。

自从剪了刘海儿，我感觉很神气。因为这是我第一次为自己的事情做主，以前什么都是妈妈替我决定。按照自己的意愿剪出的刘海儿柔软地搭在我的前额，风一吹，刘海儿在我的眼前飘舞起来，我的心情也随着飘舞起来……

（指导教师：张瑞）

不要轻易说"不"

姚智民

"丁零零——"上课铃一响，我就从操场急急忙忙地往教室跑去。还差一步到教室门口的时候，我被教导主任大声叫住了。

"不要在走廊上跑，那样很危险的！赶快回教室上课！"我回到自己的座位上，心里很不是滋味。偏在这个时候，同桌小心翼翼地对我说："姚智民，借我用一下你的涂改液，好吗？"我心里正不爽，狠狠地瞪了她一眼，断然地说："不！"她的表情僵住了，然后把头扭了过去。

同桌平时对我很好，今天被教导主任骂，本来是我自己的过错，我却把自己的不爽转嫁给了同桌，一声随意的"不"就把我们之间所有的友谊和快乐瞬间赶跑了，我心里无比懊悔。

我经常轻易地说"不"，说了之后，又常常觉得后悔。

一天晚上，我飞快地冲进家门，把穿了一天的臭鞋脱下来，换上了爸爸的巨无霸拖鞋。这些年我长得快，觉得自己的拖鞋挤脚，就喜欢穿爸爸的鞋子。妈妈经常告诫我，不能乱穿别人的鞋子，因为那样容易染上细菌。但是这一次我见妈妈没在，就穿着爸爸的巨无霸拖鞋吹着空调，惬意得像在天空中飞翔的鸟儿。

可是后来，我还是被妈妈发现了。

"喂！穿你自己的拖鞋！"

"不！"我大声说道。

妈妈这次很是生气，顺手操了一个衣架，在我屁股上就是两下。妈妈样子很吓人，打得却不重。第二天，妈妈给我买了一双大大的橙黄色的拖鞋。

若干次教训之后，我开始这样告诫自己："不要轻易说'不'。"

我与作文大战一场

吴　昊

我叼着一支铅笔，双手托着腮坐在桌子前，绞尽脑汁地想着作文的题材。前几天刚刚去旅游过，怎么这么快就忘了？我不停地用手敲打着自己的头，责怪自己想不起来。两个小时飞快地过去了，我仍旧看着稿纸发呆……

夜幕慢慢降了下来，我想啊想啊，就是想不出来。我开始向稿纸发泄，可怜的稿纸被我撕的撕，揉的揉，我恨不得拿一本书抄一篇作文了事，为了这篇可恨的作文，我都一天没出家门了……想着想着，不争气的眼泪掉了下来。作文啊作文！为什么这么难写！

晚上八点钟了，可我却拿着一支似有千斤重的铅笔始终不能对稿纸"下手"。我又撕了一张稿纸，看着桌子发呆，眼角还挂着泪珠……终于，我右手中铅笔掉了，支撑头的左手也松了，头压在桌子上，眼泪流得更多了。我为什么写不出来？我笨吗？我一点儿也不笨！我强打起精神继续思考……终于开始往纸上写了。我一个字一个字地写过去，边写边抹眼泪。有时真不想写下去了，不过我还是坚持了下来，写完了作文。看看表已经是十一点多了。真是"无事一身轻"啊！我刷了牙，倒在床上就睡着了。我做了一个梦：我来到了一个没有作文的世界……

（指导教师：叶光鑫）

128

心语星愿

胡雯郡

乡村的夜景可美了！

奶奶总会在有着美丽星光的夜晚为我讲动听的故事。今天，奶奶身体有些不适，但她还是微笑着说："孙女，我给你讲一个星星的故事吧！在很久很久以前，每一个星星都是一个仙女。如果仙女喜欢你，你向她许愿的话，愿望就会实现……"

讲着讲着，奶奶靠在躺椅上睡着了。望着慈祥和蔼的奶奶，我突然很想向星星许愿，让奶奶的病好起来。对了，前面的小池塘里，不是有很多星星吗？

小池塘波光粼粼，满池都是星星啊！我伸手去抓，可够不着。我就折了一根枝条，想把星星捞起来，可枝条一放进水中，水面上就出现一圈圈涟漪，星星都跑到天上去了。

"是不是有水，星星就会出来呢？"我这样想。于是，我用手捧了点水，嘿！星星真的跑到我的手中了。我开心极了，可水很快就流光了。星星又跑到天上去了。

哈哈，我知道了，用盆子装，水就不会流走了。我冲到屋子里拿了一个大盆子，装了许多水，果然，星星又来了，一闪一闪，亮晶晶。我得意忘形地跳了起来，结果脚下一绊，盆子飞了起来，水泼了一地，星星被我摔得七零八散，满地都是。

我哇哇大哭起来，结果惊醒了奶奶，奶奶问我："怎么了，乖孙女？"知道事情的原委后，奶奶一把将我搂到怀里，摸着我的脑袋："乖孙女，谁说星星没了，星星早已进入奶奶的心里了！"

听了奶奶的话，我破涕为笑。抬起头，满天的星星也朝着我笑呢……

我雕塑，我快乐

黄宏宇

每当看到一些单位大门口的石狮子时，我就羡慕不已：怎么会雕得如此栩栩如生呢？时间长了，看得多了，我的心里就萌生起学雕塑的小苗来。

无论是一团泥巴，还是一块小木头，都会被我请进屋里。我总是不声不响地雕琢它们。逢年过节我最高兴，因为我家旁边有个庙，村里人都会来烧香，我就把点剩的蜡烛收集起来，然后熔化，趁蜡油未硬化时，爱捏什么捏什么，要是不满意就把它给熔化了重捏。

一天，妈妈提了一大篮子水果、蔬菜回来，我一看大喜过望，手心又开始痒痒了。我急忙抱了一些就往屋里跑。"哎哎哎！你慌里慌张地拿那么多干什么？"妈妈叫道。我一边跑一边答："我自有妙用！"

我将这些素材摆放在桌面上，边观察边构思起来：这茄子头尖尾大，太像老鼠了，只可惜那长蒂长反了，要是长在尾部，那老鼠的尾巴自然就有了。可要是没有缺憾那还用我这个"小小雕塑家"做什么呢？

我拿起小刀将长蒂切下插在茄子的尾部，老鼠的尾巴就做成了。再横切下两片圆圆的青瓜，用牙签一穿，扎在茄子的小头两侧，一对大耳朵也成了。我又用小刀挖出眼睛和嘴巴，在眼睛上点两滴黑墨水，这老鼠好像一下子有生气了。我又将三根牙签对折，插在它嘴边，权当鼠须。

一做完，我就兴致勃勃地捧着作品给妈妈看，妈妈接过一边看一边称赞："你这小子还真有两下子！好好做，将来做个大雕塑家。"我听了心里美滋滋的。

（指导教师：卢强桢）

捉 空 气

刘珂儿

作文课上，郑老师拿着一沓塑料袋分给我们每人一个，让我们用来捉空气。我们听了都非常惊讶：空气看不到也摸不着，靠一个袋子怎么能捉住呢？

看着我们惊讶的样子，郑老师笑了笑说："先看我的！"说着，她双手拿起一个塑料袋甩了几下，然后马上捏紧，袋子一下子就变得胖乎乎了。老师说："这里面就是空气了。"我们也试着捉起了空气。哇！空气真的被捉住了！大家都很兴奋。当我捏紧袋子时，袋子不仅胖乎乎的，而且摸起来还很光滑、很柔软。我用手指按着装满空气的袋子，东按按，西按按，空气也就东跑跑、西跑跑。塑料袋一会儿变成一只小猫的头，一会儿变成榔头，一会儿又变成粽子，形状变化多样，真是有趣。后来，老师又叫我们把袋子放在耳边听，并且慢慢地松开口。不一会儿，我听见袋子里传出了"呼呼"的声音，还有一股小小的风吹向我的脸。哇！真的是空气，空气真的能捉住！

（指导教师：刘碧霞）

人生好比九曲溪

尤子颖

如果叫我用一处景观来比喻人生，那么我会毫不犹豫地说："九曲溪！"

筏工用一根竹篙驾驭，我乘坐古朴轻巧的竹筏顺溪而下。急速飞跃险滩，缓缓漂过深潭，饱览武夷山的溪光山色，瞻仰两岸的秀丽美景，既可享受山水的诗情画意，又可领略百胜滩的惊险刺激，可以说是"竹筏水上漂，人在画中游"。

竹筏慢慢地漂流，前方拐弯处不时有一块浮石或者一段枯枝。

"要撞上了！"我们大声叫。

将要撞上时，筏工轻巧地驾驭竹筏拐个弯，竹篙"啪"的一声，清脆的撞击声惊醒了还在惊险中没回过神儿来的我们。

人生，好比驾驭竹筏在九曲溪中漂流。

哗哗的水声，好比一曲悠悠的小令，也像是获得成功之后那欢乐的笑声和心中奏响的乐章。

担心驾驭竹筏一不小心就撞上前方的浮石，就如同在生活中、学习中害怕遇到困难，害怕遇到挫折一般。害怕了，退缩了，可是水永远不会倒着流，就如同时光不会再回到以前。只有勇敢向前，勇敢面对，才会像筏工一样，拐个弯摆脱险境。见多了，不怕了，身心也就变得更加坚强了！

不知何处会有一个柳暗花明的拐弯，如同我们不知道未来如何发展，但只要坚定地走好每一步，拐弯自然会出现，没有一步一步好好地走，急于求成，那么就算到了拐弯也很难顺利地走过去。

人生曲曲折折，不正如同那九曲十八弯吗？

藏　雪

朱　蓉

那是几年前一个美丽又寒冷的冬天。一天早晨醒来，我瞧见窗外雪白雪白的一片——下雪了。要知道，在南方，下雪可是件稀奇事。

雪花在空中飞舞着，自由自在，像一只只翩翩起舞的白蝴蝶。它刚落下来，一阵狂风刮来又把它吹向空中。它就这样在空中旋转着，游荡着。

我急忙穿上衣服，悄悄把门带上跑了出去。外面早已聚集了许多孩子，大家一起堆雪人，打雪仗，别提有多高兴了！雪地里洒满了我们银铃般的笑声。这时不知是谁说："听说把雪装在一个大缸里，用盖子把缸口盖住，留到春天拿出来会很好吃。"嘴馋的我经不住诱惑，话还没听完就像离弦的箭一般冲回了家。我从家里搬了一个小罐子出来，拼命地往罐子里装雪，装满后用力压实。那罐雪真像一罐白花花的盐，我费了九牛二虎之力才把它搬回家去，用盖子盖住藏在床底下。

整个冬天我都做着同样一个梦，那就是春天里，所有的小伙伴都羡慕地看着我那满满的一罐子雪，我得意得嘴都歪了。我一直等呀等，漫长的冬天终于结束了，生机勃勃的春天来了。

我满怀希望地打开盖子，咦？罐子里怎么都是水呀？伸手一摸，冰凉冰凉的，我的满满一罐雪哪儿去了？是谁偷吃了？我再也忍不住了，"哇"的一声哭了起来。妈妈闻声走过来，知道原委后笑得捂住肚子说："傻孩子，雪是会融化的，怎么能留到春天呢！"

（指导教师：李芳）

第一次流泪

陈海坤

妈妈的生日快到了，姐姐说："妈妈从来不过生日，我们这次就自己挣钱给妈妈买礼物吧？"我点点头表示赞同。

五年前，爸爸因为一场车祸离开了我们。为了我和姐姐，还有奶奶，妈妈一直没有改嫁。她把我家的茶园管理得很好，每天早出晚归，筋疲力尽。虽然这样，因为物价的不断上涨，我家的生活很拮据。妈妈省吃俭用，什么都舍不得买，特别是每年春节，妈妈都没有新衣服。但只要我和姐姐需要的，她一样也不落下。

为了给妈妈买礼物，我和姐姐就利用双休日去邻居家捡茶梗。因为有目标，我们捡得很认真。领了钱，我问姐姐："你要买什么礼物给妈妈？"姐姐笑着说："保密。"我拿了钱去了超市，在精品区找了又找，都没满意的。买什么呢？忽然我想起妈妈被冻裂的双手，因为要经常接触水，不容易好，还经常流血水。于是，我买了一双橡胶手套，叫售货员包好，就满意地回家了。

妈妈生日那天，奶奶煮了线面和鸡蛋，妈妈一直说以后不用了。吃过饭后，我迫不及待地拿出礼物给妈妈，说："妈妈，您的生日礼物，我去捡茶梗的钱买的。"妈妈笑着接过礼物说："我又不是小孩子，买什么礼物呀。"当妈妈拿出礼物时，姐姐叫起来了："你怎么跟我买的一样？"说完就上楼拿来了礼物，真的和我的一样，也是橡胶手套，只是颜色不一样。就在我们愣住的时候，妈妈的眼圈红了，她抽泣着说："妈妈这辈子值了！"奶奶的眼圈也红了，这是爸爸走后，我们家第一次流泪。

虽然和姐姐买了相同的礼物，但是我不后悔，相信姐姐也和我一样。等我们长大了，一定会给妈妈买更多更好的生日礼物！

"吃板栗"

章 萌

唉，说起上次"吃板栗"的事情，可真丢人。

不久前的一个傍晚，老爸板着面孔叫我去买包香烟。一路上，我边走边看，好像不是买烟，而是去逛街。磨蹭了好久才到了商店，一摸口袋，我的头便大了——因为走得匆忙，我忘了带钱。

我狂奔回家。见了气喘吁吁的我，老爸立即伸出手来："香烟拿来。""没……没……"还没等我说完，老爸便吼了起来："你到底怎么回事？是不是不愿意买？"说完便扬起蒲扇般的大手。

看着面目"狰狞"、头发直立的老爸，我吓得直哆嗦。"我没……没带钱。"听我这么一说，老爸立即掏出一张百元大钞。我小心翼翼地接过钱，重新向商店跑去。

可一到商店，我又傻了眼。钱……钱……钱不见了。我把口袋翻了个底朝天也找不着。我哭了，金豆豆哗啦哗啦撒个不停。

到了家，老爸又找我要烟。当他得知我把钱弄丢了，立即赏了我两个超级"板栗"。我摸着迅速隆起的"板栗"，立马开溜。可是……可是……那要命的百元大钞竟从我的裤管里溜了出来。

钱是找着了，可这"板栗"怎么也退不回去了。

唉，我真是太马虎了！

（指导教师：叶光鑫）

135

第六部分 像花儿一样绽放

迷路时的指南针

江　敏

一个星期六，黄淇约我去买玩具。想了想，我又没什么玩具可买，就只带了五角钱，准备买零食吃。

我和黄淇来到文具店，我们左顾右盼，我看见了一本我梦寐以求的"白雪公主"日记本，便爱不释手地拿起来，问店主："这本日记本多少钱？"店主心不在焉地回答："一元钱。"一元钱一本，而我只有五角钱。这里只有一本了，如果回家拿钱的话说不定就会被人家买走了。我看了看黄淇，她正聚精会神地看着书，我又看了看店主，他正和别人聊得正欢。此时，我的脑海中立刻浮现出一种邪恶的念头——偷。偷东西不是什么好行为，可是，不偷又得不到我心爱的日记本。一边是正义，一边是最爱，唉，真纠结呀！想来想去，最终，我还是把日记本放在衣服里，又装出一副若无其事的样子。我见店主没起疑心，便把黄淇硬拽出了文具店。

回到家里，我的心中忐忑不安，觉得十分愧疚。星期天，我六点就起床了，迫不及待地来到文具店，见那家文具店大门紧关，以为不是营业时间。是等在这里向店主道歉呢，还是掉头回去?我犹豫不决。渐渐地，三个小时过去了，那日记本都被我手心的汗水浸湿了。而那家文具店还是没有开门，我就向旁边的邻居打听："这家文具店怎么还没有开门？"那个邻居对我说："他们搬到云南去了。"听完这话，我呆若木鸡地站在那儿，好像一大盆冷水浇在我的身上，两滴滚热的泪珠爬出了眼眶。

离开文具店，我慢慢地往回走，不知不觉，我走到了黄淇家的门口。一进黄淇家，黄淇就发现我有心事，问："怎么了？"我把事情的经过告诉了她。她说："世界上只有两种人不犯错误，一是未出生的人，二是死去的人。偶尔犯一些错误不是不可原谅的，只要你认识到错误并想办法改正就是好的。我相信你，你一定行的。"我感慨万千，真庆幸我有一个这么好的朋友，她教会我：错误是可以改正的！

朋友，在我寂寞时给我安慰的温暖，在我遇到挫折时给我鼓舞的力量，在我迷路时指引我前进的方向。

（指导教师：查美林）

第六部分　像花儿一样绽放

爱上了英语

余德健

四年级以前，我的学习生活真的是浑浑噩噩，特别是英语，连26个英文字母都记不全，英语学习我既没有感觉也没有兴趣。我有时甚至会想，自己这辈子会和英语无缘了吧！

然而，意外还是发生了。记得那是四年级下学期的一节英语课上，老师布置了英语家庭作业。回到家里，打开英语作业本，我对着这些"高难度"的题目愁眉苦脸了，反反复复看了几遍，竟没有一道题是我会做的，于是，我只好请教爸爸了，他一道题一道题耐心地给我讲解，但是我只知道写答案，根本不懂得其中的道理。末了，爸爸竟说这题目太简单了，我当时羞红了脸。

138

第二天发作业本的时候，老师特意叮嘱我："你昨天的作业做得最好，就参加这次的英语竞赛吧，你最有希望获奖，要精心准备，千万不要辜负了我的期望呀！"那一刻，我惊呆了，以我这样的英语功底，怎么能够参加英语竞赛呢？何况，昨天的作业可全是爸爸的功劳呀！

回家后，我一张"苦瓜脸"对着爸爸妈妈，告诉了他们事情的来龙去脉，爸爸语重心长地对我说："与其在这儿诉苦，还不如自己去为比赛做好充足的准备。开弓没有回头箭！"爸爸说完后，拍了拍我的肩膀，走了出去。

听了爸爸这番话，我豁出去了，决定和困难一较高下，用自己的行动来证明一切。我找来了以前学过的几本英语书，决定在三个星期内把所有的单词记住，在每晚睡觉前记二十个生词，并且复习前面已经记过的单词。据妈妈说我在睡梦中，嘴里都还念叨着单词，真是"日有所思，夜有所梦"呀！

在课余时间里，老师对我们进行了辅导，我觉得老师讲的每一个知识点，对于我来说，都是崭新的，于是，我采用了一个办法——用笔记本记下来。别说，这个方法还真有效，在做英语练习时，以前无从下笔的题目，现在却能得心应手地做出来了。

但是难题还是一个接一个找上了我，这不，老师在辅导完后，布置了一篇小作文作为家庭作业。我连用中文写作文都很为难，更何况写英语作文呢？我还有好多的英语语法不知道，好多的英文句式没学习，这篇作文可怎么写呀！我急得像热锅上的蚂蚁，几次想要放弃，但是一想到老师殷切的希望、爸爸恳切的嘱托、妈妈热切的关怀，我就努力坚持下去。我下定决心，一定要把这个难关攻破！

我忽然想到楼下的李老师是教英语的，于是我带着满肚子的疑问敲开了李老师的家门。见我是来请教问题的，他很高兴地请我进去。我向他诉说了小作文上的难题，他给我讲了这篇作文的四种结构形式，一种形式里使用两种基本句式，他很耐心地给我讲解，我也听得很认真，一直讲到晚上十一点钟。

第二天，我按照李老师给我讲的四种形式写了四篇文章，又拿去给李老师看，他细致地修改了我的文章，并作了点评。

时间过得真快！英语竞赛说到就到了。在考场上，我拿着试卷，看着题目就像看到了老朋友一样，很轻松地把它们做出来了。成绩出来了，我取得了年级第四名的成绩，这个名次远没达到老师的期望，但是对于一个以前不喜欢英语、英语成绩很糟糕的我来说，已经是相当不错的了。

一次本不应该属于我的"机遇"，竟换来了我英语成绩的突飞猛进，换来了我对英语的浓厚兴趣，换来了我遇到困难时迎难而上的勇气，换来了我不知不觉的成长……

（指导教师：张春桃）

圣诞节的礼物

俞　果

　　漫步街头，我发现圣诞节的气氛越来越浓了，各商家都打出了圣诞促销的招牌。是呀，再过一周就是圣诞节了。于是我不禁遐想圣诞，以往的圣诞……

　　前几年，对圣诞节是盼星星盼月亮，盼的就是精美的礼物。妈妈常跟我说："圣诞礼物是有限的，因为圣诞老人只把它送给懂事的孩子。"于是，我总要表现出十分乖巧的样子，以期待我梦寐以求的礼物。终于等到平安夜，我带着祈祷，带着遐想，进入梦乡。

　　第二天，太阳泛出酒红的日晕，将阳光洒满大地。我猛然惊醒，总能发现有礼物在我身旁。或许只是一本幽默的杂志，或许是一只精致的水杯，或许是一只崭新的书包……但每一次，无一例外的是，都有一封信放在我的枕畔。当我欣喜地捧起礼物时，妈妈总是很开心地告诉我是圣诞老人到我家来过了。于是，我懂得了，我该一直努力下去。

　　手捧着圣诞老人写给我的信，发现信里总写着我的优点，我慢慢地欣赏着，感到无比喜悦；又反思着自己美中不足的地方。我知道，自己该做得更好，不能沾沾自喜，要懂得"知耻近乎勇"；不能以自我为中心，要学会尊重、关心他人。第一次，感到自己不会的，有好多好多；第一次，明白自己的优点微乎其微。所以，我每天都在改变，每年都在盼望。

　　我喜欢圣诞节，与其说我喜欢礼物，不如说我希望自己能变得更好。把那一张张信纸折成纸鹤放飞，好比我进步了，我懂得了更多，更多……

　　遐想着今年的圣诞节，希望，又有一封信，坠入我的心田……

（指导教师：胡文杰）

我给爸爸讲故事

张　瑜

我是个故事迷，每天晚上都要让爸爸给我讲故事听。

一天中午，妈妈烧了一条鱼给我吃，我就是不愿吃，结果被妈妈狠狠地揍了一顿。晚上，早忘了皮肉之痛的我又嚷着让爸爸讲故事。他想了想，给我讲了一个"猜猜他是谁"的故事。爸爸说："从前，有一个小朋友，长得聪明可爱，但就是爱挑食。一天，他的妈妈给他烧了一条鱼，可他就是不吃，他妈妈气得快哭了，就狠狠地揍了他。"讲完后，爸爸问我："你猜猜这个小朋友是谁？"我不好意思地笑了，说："是我。"后来，每当我犯了错，爸爸都会以同样的方式，给我讲"猜猜他是谁"的故事。不过，每次讲到一半或刚刚开个头，我就会把耳朵捂得紧紧的，嘴里不停地喊道："不听不听，重讲重讲！"

一天晚上，因为爸爸要出去打牌，妈妈不让他去，他们发生了舌战，后来又升级到"武打"。我跑过去，哭着让他们停止"战斗"。"战斗"结束了，妈妈坐在沙发上"呜呜"地哭，爸爸将电视机打开，气呼呼地看着。这时，我走到爸爸面前，说："爸爸，我想给你讲个故事听。"爸爸抬起头，诧异地望着我。

我说："从前，有一个小孩，他的爸爸妈妈从不吵架，一天，小孩的爸爸要出去打牌，小孩的妈妈不让他去，他们就吵了起来，吵着吵着又动手打了起来。他们不知道，那个小孩心里真是好难受好难受……"

我讲着讲着，泪水就流了下来。爸爸一把把我搂在怀里，说："好孩子，爸爸今后再不和妈妈吵架了，好吗？"坐在一旁沙发上的妈妈，也听到我讲的故事，她走过来，也把我搂在怀里说："乖孩子，是妈妈不好，以后再不和爸爸打架了……"说着，她的眼泪也流了下来。

我讲的故事，让爸爸妈妈又和好如初了。

（指导教师：张杰）

不能说的秘密

陈碧凤

"老师要去山里教书，这是老师的心愿！"

"您真的要去？"

"是的。"

李老师走了，留给我的是无尽的思念，和那不能说的秘密。

李老师是我们的班主任，她个子不高，圆圆的脸蛋上总洋溢着灿烂的笑容。她身上似乎有一种魔力，同学们都喜欢她，都听她的话。我，也不例外，我和她之间还有秘密呢！

去年开学初，我去买文具，李老师也在买。书包、文具盒、铅笔等等，老师样样都买。我有些疑惑：李老师的孩子才三岁，她买这些干吗？我就问："老师，您买这些要给谁？"李老师摸摸我的头说："下午你就知道了，不过你可要保守秘密。"我不敢多问，只好点点头。下午班会课，李老师带着这些东西进了教室，她看了我一眼，微笑着说："陈妍同学，中午你妈妈来看你，你回家了。她要坐车赶回去，让我把这些东西转交给你。"陈妍的父母离婚了，她和爸爸在一起，她爸爸不让她妈妈来看她，她妈妈总是偷偷来学校看她。每一次见面，两人总是抱头痛哭。陈妍的妈妈好久没来看她了，不过陈妍变得不爱说话了，学习成绩也不断下降。原来老师这样……我看到陈妍满心欢喜地拿回东西，听到同学们的掌声，我知道和李老师的这个秘密不能说。

还有一次，也是中午。我去医院看望生病的奶奶，看见李老师抱着孩子急匆匆地进来，原来她的孩子发高烧了，看着老师焦急的样子，我说："老师，我去找校长。让下午的歌咏比赛延期。"李老师说："不用了，不要告诉同学们，影响他们的情绪，老师会赶回去为你们伴奏的。"歌咏比赛还没开始，李老师就来了，她充满自信地鼓励同学们。轮到我们班，她沉着地

142

为我们伴奏，我们也发挥出水平，取得了第一名，大家都高兴地欢呼起来。李老师走到我身边小声地说："中午的事就是咱俩的秘密，不要扫同学们的兴。"看着老师疲惫的双眼，我用力地点点头，这件事就成了我和李老师的秘密。

新学期，学校里见不到李老师的身影，我心中有些失落，但我相信李老师一定会受到山里孩子的喜欢，也一定和山里的孩子有不能说的秘密！

（指导教师：陈树林）

第六部分　像花儿一样绽放

朱老师的名字

高洲宇

我的班主任老师姓朱名剑，是一个年轻的男教师。他很幽默，是我们的开心果。

他自封：朱朱印刷厂、朱朱广播站、朱朱飞镖、朱朱监狱。

所谓的"朱朱印刷厂"就是"印刷"我们的积分（表现好了就能拿到相应的积分）。其实就是拿几个印章给我们敲数字。我们都很渴望得到他及时的兑现。有一次他忘了给我们敲章，却解释说："朱朱印刷厂的机器坏了，正在维修中。"笑得我们肚皮都要笑破了。

所谓的"朱朱广播站"就是他那张大嘴。每当我们考试分数出来时，他就会站在讲台前，扯开大嗓门开始"播音"："某某某，××分……"我们都竖着耳朵专心地听，生怕错过了自己的分数。因为广播是不会重复的。

144

所谓的"朱朱飞镖"就是他发本子的技巧。本子在他手中"飞"得又高，瞄得又准，本子会百发百中地"飞"到我们的桌面上。得到本子的同学都很兴奋。有时他状态不好，也会出现失误，本子要么飞到我们的头上，要么飞到垃圾桶里。这时候同学们笑得就更欢了。

所谓的"朱朱监狱"就是惩罚那些违反"法规"的同学的椅子。在教室后面有六张空椅子，而我就是同学们选举的监狱长。每当有同学"犯法"了，就会坐在那儿反省。"朱朱监狱"就在那里盯着他们，直到他们知错为止。

"朱朱×××"是老师对我们爱的一种表达方式，虽然充满了搞笑，但效果很好。

我们喜欢你——朱剑老师。

（指导教师：蔡玲玲）

幸福的安迪，幸福的童年

——读《苹果树上的外婆》有感

郑子涵

今天，我读完了《苹果树上的外婆》这本书，内心有着深深的感动。安迪多么幸福啊，他有一个多么疼爱他的外婆。

自从苹果树上的外婆来了之后，安迪天天玩得很开心。他们一起去游乐场玩"旋转木马""魔鬼宫"，一起去套野马，去海上冒险。这些惊险刺激的游戏，安迪以前可是从来没有经历过的。

让安迪记忆最深刻的是"魔鬼宫"的事情了。在还没有进入"魔鬼宫"之前，安迪看到两个小孩子刚下来，他们一走出"魔鬼宫"就号啕大哭起来，他们的父亲费尽了力气也没使他们安静下来。安迪看到这种情况，就把自己刚才打礼帽赢来的玩具熊和娃娃送给了他们。呀，安迪在外婆的照顾下，不仅学会了玩耍，还学会了照顾他人，关心他人哦，他懂得了真正的幸福。

《苹果树上的外婆》使我想起了外婆带我出去玩耍的情景。

那一次我们去温州乐园度假，我们一起玩过山车。过山车可惊险刺激了，我看到从过山车上下来的人，个个都晕头转向地站不稳了。我心里打起了退堂鼓。可是外婆却说，"子涵，去试试，没什么好怕的。"

我还在犹豫，没什么好怕，外婆年纪大了，她可不能上去哦。

外婆说："上去吧。如果感到害怕，就大声喊出来，不要憋在肚子里哦。"听了外婆的话，我壮着胆子走上了过山车。

风呼呼地刮着，过山车上短短的两分钟真有一种让人惊心动魄的感觉呀。可是我心里一点儿都不害怕，因为我知道外婆在用那关爱的眼睛看着我呢。

安迪的童年是幸福的，我的童年也是幸福的，因为我们都一样，拥有一个好外婆。

（指导教师：林丙程）

因为有您

冯映泉

因为有您，我学会了识谱；因为有您，我能够娴熟地演奏二胡；因为有您，我的童年生活才会如此的丰富多彩。

记得三年前，我想学习二胡，在爸爸的陪同下我来到您的住所。当时我非常担心，怕您脾气暴躁、没有耐心。可当我踏进这陌生之地，就听见您亲切的问候："小姑娘，是来学二胡的吗？"我怯生生地点点头。真的没想到，您与我心中所想象的一点儿都不一样。

第二天，正式学了，您从里屋拿出一本书，对我说："这是你的书，以后我们就用它，可不能丢了。"这是一本就像爸爸用的汉语词典一样的书，我惊呆了：我才多大就用这么大、这么厚的书，太恐怖了！"不要紧，慢慢来，你知道蚂蚁搬家吧，我们就来当一回蚂蚁。"您的语气依然是那么亲切，似乎看懂了我的心思。我接过厚重的书，小心翼翼地打开，一股清新的印刷品的味道随之散开，罩在我头上的疑惑惶恐的阴云也随之消散。

"可认得简谱？"我摇摇头。

"接触过二胡吗？"我又摇了摇头。

您一看我脸红着，似乎知道怎么回事了，并不着急，极有耐心地给我讲解……

虽然是一周只学一次，可时间飞逝，不知不觉三年时光过去了，我从最初的担心害怕到现在能够娴熟地演奏二胡，这都是因为有您的教导和鼓励。这期间有一件事您对我的影响尤为深刻。因为您听说县文化局要在市民广场举办大众文艺表演，就偷偷地替我报了名。我知道后因害怕而不大情愿。真是什么也逃不过老师您敏锐的眼睛，您识透了我胆小害怕、不敢登台的心思，就到处夸奖我的二胡拉得怎么好怎么好，还打电话向自己的朋友介绍……在您的夸奖声中我逐渐有了信心。一直到登台表演的那一刻，您的眼光都是那样的亲切、那样的温暖，那是一股力量，支持着我在舞台上欢畅淋漓地演奏。那次表演，虽然有紧张的汗珠，有雷鸣的掌声，可我似乎只记得您欢笑的眼神。

真的要谢谢您，我尊敬的老师，我的点滴进步都因为有您。

（指导教师：李国学）

在爱中慢慢长大

李雅玲

是谁用辛勤的汗水，哺育了春日的嫩苗？是谁给了我们一双强有力的翅膀，让我们在知识的世界里遨游？是您！是您！我的老师。

记得刚上小学的时候，我对学校的一切都感到陌生。由于这个原因，在课堂上，我就是知道问题的答案，也总是犹犹豫豫不敢举手。您也许觉察到了，向我投来鼓励的目光，似乎在说："雅玲，别害怕。鼓起勇气试一试，即使答错也没关系。"是您温柔的目光，让我增加了勇气。我立刻举起手回答，虽然答得不怎么理想，但您还是微笑着表扬了我。正因为有了这第一次，使我增加了胆量，久而久之，我在课堂上养成了积极举手发言的好习惯。

当我遇到难题向您请教时，您总是耐心地给我讲解题思路，一遍又一遍，不厌其烦。当我通过您的讲解，把题做对时，您脸上总是露出舒心的笑容。

当您发现我生病时，便一个劲儿地问我会不会难受，要不要去医院……直到第二天早上，我来上学时，您还关心地问我，身体好些了吗？是您对我无微不至的关怀，如同春雨般滋润着我幼小的心田，让我感受到第二份亲情，望着您，我真想说："谢谢您，老师。"

当我做错事的时候，您并没有大声呵斥我，而是轻声细语地问清了事情的原由，帮我排忧解难。我真感激您啊！您是非分明，从来都不平白无故地批评人。

当我在期末考试中取得好成绩的时候，您在班上表扬了我，还带头鼓掌。要知道，老师，因为您的掌声，使我在学习的道路上又增添了一份信心，让我明确了奋斗的目标。

六年了，在这六年里，无论我遇到了什么，您都会与我一同面对。您

第六部分 像花儿一样绽放

为我付出得太多太多。就要告别多姿多彩的小学生活了，我发自内心地感激您，我的老师！感谢您为我所做的一切！将来，无论我成为参天的大树还是低矮的灌木，我都将以生命的翠绿，向您致敬！

（指导教师：李淑卿）

第七部分

两行脚印齐步走

　　橙子一定是世界上舞跳得最好的人了，她的舞姿妖娆得好像晨雾，冰冷得好像冬青，自然得好像精灵，纯美得好像一条遥远、透明、天真的涧溪，令人不敢逼视。

——孙璐佳《海的故事》

朝夕去了新疆

施澍芃

今天，我又想起了朝夕。

说起朝夕，我先给你们介绍介绍吧。他是我们班的同学，已经好几个月没来了。为什么呀？他去了新疆呗。他的老家在新疆。

其实一提起朝夕的名字，我就有点想他。每次考完试，语文老师和数学老师就要统计：优有几个人，良有几个人。数学老师总是先写良和优加起来的同学有多少人，然后让我们自己计算优的人数。奇总是抢着说"$52-34=18$"，小朋友们总是说："不对不对，应该是$51-34=17$，朝夕没来。"每当这时候，我就会又想起朝夕。

我们班缺了朝夕，就像一部戏里面缺了一个主角一样，显得有些冷清。朝夕，请你快点回来吧，我们班上缺了你是不可以的。我真想这么对朝夕说。可是，朝夕却在遥远的新疆。盼望着朝夕能早点回来！

飞翔的蒲公英

肖 鸢

坐在草地上，孤独地看着那几棵蒲公英，看着它们与草不和谐的身姿。一阵风吹来，我清楚地看见几朵棉花似的小种子，飞出了母亲的怀抱。我在其中细细地寻找，看看哪一棵属于我。

它们相伴着三五成群地飞向蓝天，我紧紧跟着那一朵——它身边没有兄弟姐妹，虽然常有飘过的伙伴陪伴，但总是很孤寂。

一眨眼，它不见了，我仍然呆呆地站着。独生！独生！独生！我烦这个词。它带给我的只有孤独。

又想起与伙伴玩耍的场面。在我十岁生日那天，约了几个伙伴来家里玩。吃完蛋糕，就开始玩捉迷藏。我仗着自己对家里熟悉，抢先躲进了家里的衣柜。"3、2、1，藏好了吗？"没有回答。我的心怦怦直跳。屏住呼吸，静静地听伙伴们的对话："嘻嘻！抓住你了！""1、2、3、4……咦，少了一个！"躲到这里，我兴奋极了，但又担心自己的藏身之处会被"敌人"发现。柜子里有些闷，我把脸靠近柜子门的缝。

"卫生间找过没？"一个伙伴问道，我按捺住激动的心情，轻轻理了理垂下来的头发：我要好好守住"阵地"！

刺眼的光照进衣橱，我感到事情不妙，死死地抵住衣柜的门。只可惜门是向外拉的，不是向里推——我被"抓获"了。

"再来！"我不服气。后面玩什么我不记得了，但那天的笑声，我却记忆犹新。

好久都没有这样热闹过，高兴过。突然，我又看见了天上那飘扬的"棉花"。它慢悠悠地飘到地里，我似乎看见它正在快乐地汲取着养分。大地温暖地庇护着它，雨水滋润着它，整个世界都为它祝福。我的嘴角浮

153

起一丝微笑：和它一样，我也享受了父母全部的爱！享受着人间最温暖的爱。独生！独生！独生！此刻，这个词让我感悟了很多，爱，以及对亲情与快乐的珍惜。

（指导教师：许利亚）

孟繁睿流泪了

周宇航

我和孟繁睿在一个班，特要好。我把孟繁睿同学称为"不流泪的孩子"。真的，从没见他流过泪。在我心中，他始终坚强而乐观地生活着，但我却把他弄哭了。

上周一上午的美术课，老师在上面讲，我和孟繁睿却在下面展开了"第二课堂"——旁若无人地神侃。

下课时，老师把我俩带到了办公室。老师问："是谁先在课堂上说话的？"我自知理亏，赶忙承认错误，而孟繁睿却像木头一样站在一边。老师不依不饶，我就赶紧把责任撇清："孟繁睿先说的，他传小纸条给我……"其实，这并非事实。孟繁睿听后，用火一般的眼神盯着我。

我头脑一片空白，木然地走出了办公室。在办公室外面，等孟繁睿出来。周围的空气压抑而沉重。漫长的十分钟过后，他出来了，我不敢直视他，也不敢和他说话。孟繁睿抓住我的手，使劲掐了一下，我感觉到了疼。之后，他没吱声，继续往前赶路。

我跑到教室，拿出一张纸，在正面写上"A"和"B"两个选项。A是"请你原谅……你不原谅我，我也会等你原谅。" B则写着"永远绝交，但这都是我的错。"写好后，我默默地等他。

终于，他来了。我小声对他说："你来选一下吧。"他有些犹豫，但最后还是慎重地选了"A"。选完，他再也抑制不住，当着我的面，哭得像个泪人。

哭够了，我抱着他抽搐的肩膀着说："是我错了，对不住。跟老师说那话后，我恨不得打自己。"

原本不流泪的孟繁睿，被什么弄哭了？不仅仅是被我的不仁义。这泪，是委屈复杂的，不想因我的过失而失去朋友。从此以后，我再也忘不了孟繁睿的泪花。

（指导教师：傅秀宏）

二十年后再相会

陈力钧

"再过二十年，我们再相会，那时的山，那时的水，那时祖国一定更美。"二十多年的异乡生活，让我时不时地会想起这首歌。身在异乡的我，已有二十年没回祖国了，看看手上那印有国徽的手表，心中充满了乡愁，我不禁流下了热泪。

突然有一天，我收到杜宏博发来的一条短信：快回母校开庆祝会！机票我包了！我当时高兴得跳了起来。我立马放下手中的事务，飞奔机场，经过二十几个小时的颠簸飞行，又换乘了一小时的汽车，我总算在规定时间赶到。在学校操场上已经有许多人了，旗杆下围着许多人，我赶忙上前一看，有一个人站在中间，挺着大肚子，正在津津有味地讲过去发生的趣事，一群人围站在他旁边，不时发出阵阵欢笑。我听着那似曾相识的趣事，仔细打量起那人，那不正是杜宏博吗？我激动地上前一把将他抱住，眼里充满了热泪。校园里的小弟弟小妹妹都用好奇的眼神看着我们。学校的教学楼都变了，花花绿绿一大片，操场也变了。唯独那棵大樟树没有变，还是那么茂盛。我又回忆起当年蔡老师叫我们到樟树下集合训练的事。

我来到了教学楼里，路过五（5）班门口时看见有一位老师正在认真地帮同学们订正作业。我仔细一看，呀！这不是林晟老师吗？讲课的方法和以前没有变化。我正看得入神，突然有人拍了我一下，说："陈力钧，你知道我是谁吗？"我回头一看，眼前出现了一个"庞然大物"，我怎么也想不起来。结果，他先开口了："我是桑海容啊！"不会吧，海容还是这么胖，此时，林乾烨路过这，他们一下子认出了对方，不禁激动万分，冲上去拥抱起来，彼此看看对方，都开怀大笑起来！我到办公室看看，奇怪，怎么不见唐老师，其他老师说她已经去教育局当局长了！啊！原来是这样。

我十分激动，看见了这么多儿时的同学，勾起了我许多美好的回忆，那

156

是多么珍贵。同学之情、师生之情是多么让人难忘啊！想到这，我再次流下了眼泪。友谊万岁！

（指导教师：唐禧）

第七部分　两行脚印齐步走

温　暖

王晓娇

一首歌中唱道："只要人人都献出一点爱，世界将会变成美好的人间……"是的，人人都沉浸在温暖之中，小鸟在温暖的巢里，星星在白云温暖的怀抱之中，我们沉浸在温暖的友情之中……

上二年级的时候，妈妈给我买了一双蓝色的新拖鞋。我越看越喜欢，遇到同学就向他们炫耀，大家也十分羡慕。我有点得意扬扬。

有一天，天空下起了倾盆大雨，天气也开始转凉。大家都穿上了防雨的鞋子，唯独我还在穿拖鞋。同宿舍的人都劝我把它脱了，但我说什么也不肯，就是要穿着上学。大家拿我没辙，只好依了我。

我就像打了胜仗的将军，得意地拿着雨伞走了。谁知道，走到半路，我两脚一滑，摔了个四脚朝天。我赶紧扶着栏杆站了起来，呀！裤子全湿了，就像尿裤子了一样。我只好把雨伞用来挡裤子，风一吹，两腿感觉凉飕飕的。我只好咬紧牙关，往回走。

回到宿舍时，我浑身上下没一处是干的，就像一只落汤鸡。宿舍长见了，赶紧拿来毛巾给我擦水；小兰见了，赶紧向生活管理老师要了一碗姜汤；小婧拿来凳子让我坐。看着大家忙碌的身影，我的眼睛湿润了。身材和我差不多的小芬刚去收好衣服，看见我这狼狈的样子，毫不犹豫地把自己刚要换的衣服递给了我。我拿着她的衣服呆呆地站着，她对我说："赶紧换吧！不然感冒了。""那你……""没关系，不就一套衣服嘛！我再拿一件不就行了嘛！"我再也忍不住了，泪水夺眶而出："你们真好……"

窗外的雨依旧下着，风依然吹着，天气依然那么冷，我的心里却热乎乎的。

（指导教师：李颖霞）

半截尺子

陈杰坡

"朋友一生一起走，那些日子不再有，一句话，一辈子，一生情，一杯酒……"一听到《朋友》这首歌，我就会想起我的好朋友——陈嘉禾。陈嘉禾今年十一岁，个子不高，强悍有力。一张黝黑的长圆脸，炯炯有神的大眼睛上是两道浓粗的剑眉，一皱一展颇有将帅之风，给人一种不寒而栗的感觉。

从一年级开始，一条友谊的锁链就把我俩紧紧连在一起。我没与他争吵过，我们互相帮助，亲密得简直就像一个人。

一次期末统考，还有两分钟就要开始了，同学们都在做考前准备。我一打开铅笔盒，忽然发现尺子忘带了，没有尺子哪行呀？回家取已经来不及了。我非常着急，这时嘉禾看见了，便走过来，问我："杰坡，怎么啦？"我心急如焚地回答："都怪我，偏在这时忘带尺子。"嘉禾听了，二话没说马上走到自己位置，毫不犹豫地把自己新买的尺子"啪"的一声折断了，把其中的一半给了我。我愣住了，"啊，新买的尺子呀！"我望着嘉禾，手里握着那半截尺子，不知说什么好。他呢，冲我微微一笑，说："快拿去用吧。"这时考试铃声响了，我赶紧回到座位上，等待考试。

那半截尺子，我一直珍藏着，因为在那短短半截尺子里，凝结着我们深厚的友谊。

（指导教师：李淑卿）

一张糖纸

王肖东

　　我和陈鑫鑫是形影不离的好朋友。在班上，我是纪律委员，他是卫生委员。在我俩的配合下，我们班常常得到纪律卫生小红旗。但有一次，我俩竟唱起了对台戏。

　　那是一次课间十分钟，我俩"勾肩搭背"来到操场上。我掏出两块大白兔奶糖，给了陈鑫鑫一块，自己随手剥了一块填进嘴里，而包装纸却飘飘悠悠地落在了地上。陈鑫鑫一看，犯起了"职业病"，皱起眉头，说："不要乱丢垃圾，你不知道吗？""一小张糖纸，有什么大惊小怪的。"我不屑一顾地说。"不行，你得捡起来。"陈鑫鑫用命令的口气对我说。我心里说："你是卫生委员，我还是纪律委员呢，管得着我吗？再者，你还吃我的糖呢，你能把我怎么样？"想到这，我仰着头大声说："我就不捡，怎么着？"陈鑫鑫盯着我的脸一字一顿地说："捡起来，否则我鄙视你。""我还蔑视你呢。"我毫不客气地"回敬"他。陈鑫鑫的脸憋得通红，猛地把我给他的那块糖塞给我，弯腰捡起那张糖纸气冲冲地走了。我呆呆地站在那儿，走也不是，不走也不是，嘴里的奶糖似乎有一股涩涩的苦味儿。

　　整整一下午，老师讲的课我几乎没听进多少，脑子里老是飘着那张糖纸。唉，因为一张小小的糖纸而葬送我俩的友谊，真划不来！怎么办呢？我无意中碰到了兜里的奶糖，对，有了……

　　丁零零，放学了。陈鑫鑫没有像往常一样招呼我一块儿回家，而是自己背起书包就走。我悄悄地尾随其后，走了一会儿，我快步赶上他，搂着他的脖子把剥好的大白兔糖塞进他嘴里。陈鑫鑫一怔，看了看我，鼓着嘴笑了，我也笑了。我俩又"勾肩搭背"地回家了。

（指导教师：杜春艳）

半块烧饼

张 瑶

"丁零零——"，下早读铃声响了。"同学们，早点时间到了，请抓紧时间吃早点！"教室里的"小喇叭"和蔼可亲地提醒着我们。

同学们纷纷拿出自己的早点吃起来。我也急忙打开自己的书包，准备取出早点吃。可是翻遍了书包也没找到今天的早点。哎呀，我猛然想起由于早晨上学时走得急，竟将装早点的食品袋忘在家里的桌子上了。

怎么办？看着同学们一个个津津有味地吃着早点，我这才感觉到自己饥肠辘辘。唉，没有可吃的，我只好独自一人坐在那儿，眼望着教室窗外的天空，发起呆来，并不时安慰自己不断"咕咕"叫的肚子。

"张瑶，你怎么啦？为什么不吃早点？"正当我愁眉苦脸、唉声叹气时，好朋友可西走了过来，笑着跟我打招呼。

"我……我……忘记带早点了……"我不好意思又无可奈何地对她说。

"那怎么办？……哦，这样吧，我把我的这个烧饼分一半给你吃吧？"说着，她便将手中还没来得及咬一口的烧饼"一分为二"。

望着她手里那布满淡黄色圆晕、散发着阵阵诱人香味、被掰成两半的烧饼，素有"小馋猫"之称的我不争气的嘴里口水直打转。我佯装成一副不饿的样子，笑着对她说："你让我吃一半，那你一会儿饿肚子怎么办？"

"这没什么，忍一忍就到了午饭时间。我少吃一点，总比你一人空着肚子挨饿强吧？"说着，她便将大半块烧饼塞进我的手里。

我没推辞，自己早已抵御不住那烧饼的诱惑，嘴里都快"垂涎三千尺"了，于是急忙咬了一口。呀，真香！吃在嘴里，香酥到心底。虽然烧饼只有大半块，不能完全充饥，但对于饥肠辘辘的我无异于雪中送炭……想着想着，我只觉心头一热，眼睛湿润了……

（指导教师：赵学潮）

我的朋友

王若西

　　她的歌声如百灵鸟一样动听、响亮，她有一双炯炯有神的眼睛，那红润润的脸蛋仿佛红苹果一般，她的马尾辫乌黑顺畅，每天都打扮得漂漂亮亮的。你猜到了吗？她就是我的朋友——刘亦辰。

　　还记得那是一个下着大雨的天气，天很冷很冷的，那天我生病了没能去上课，我做题的时候，有很多题都不会。这时爸爸妈妈也不在家，于是我想到了刘亦辰。

　　拿起电话，"喂，请问是刘亦辰吗？哦，我想问一下今天的作业题……"刘亦辰还没等我说完，就说："今天没去上课吧，我去你家给你补补课。"说完放下了电话。

　　我站在窗前，雨点打在窗户上，扭转身，拿起电话打过去，想告诉她不要来了。没想到，她已经离开家了。

　　外面依然下着雨，过了一会儿，传来急促的敲门声，她一路小跑着过来了。只见她身上还粘着泥巴，虽然打着伞，但身上依然被雨水淋湿了。我说："好大的雨啊！"她冲我微微一笑："没事，我不怕冷。"她放下书包，坐在椅子上，给我慢慢地讲解……

　　第二天，她感冒了，我想可能是因为我的缘故吧。我向她表示歉意，可她却微笑着说："没什么大不了的！"这让我久久难忘，过了几天，她的病好了，我们又在一起开开心心地玩儿了起来。她，就是我最好的朋友。

（指导教师：王君）

海的故事

孙璐佳

感伤泛起涟漪，忧郁如银浪溅起……大海铺开最美丽的舞衣……

——题记

暑假里去看海，竟看见了老朋友。我健谈嘛，跟谁都能自来熟，朋友多点也不足为奇喽。但像橙子一样铁了那么多年的伙伴，却没有几个。橙子是一个很可爱的女孩，极会跳舞，所以举手投足间，都有一种她独有的温润而又高贵的气质。

橙子很少笑。但她微笑起来是那么好看，恬静而又圣洁，从容可人。没有人可以笑得那么优雅，以至于我常常看得痴了，怀疑橙子是不是天使。好奇怪，今天她竟笑得令我诧异——不是微笑，而是开怀大笑。笑得有点歇斯底里的橙子看上去是那么陌生。

浪在海里开着碎花，橙子修长的双腿在水里划过一道道明丽的弧线。"孙璐佳。"她的声音依然淡漠，让我怀疑刚才她那疯狂的大笑。

这一刻的海居然那么平静，没有大浪的海空白得几乎让我窒息。

"我要搬家了。"救生圈毫无方向地飘着，我们平躺在那上面看天。橙子的声音很低，我转头，看见她眼睛里洇开红色。搬家，好陌生的一个词。我的大脑麻木地接收着，反应怎么变得那么迟钝了呢？

好大一个浪头，铺天盖地地打过来。在身上爆裂的水球湿答答地刺激着我的神经。

"哦。"我的声音听起来像从一台很旧的收音机里发出来的，"那你还跳舞吗，橙子？"前面一句是问句，后面的两个字是赤裸裸的名字。

"孙璐佳。"怎么也是赤裸裸的名字？"如果我说我不跳了……"我喜欢这样的气氛，却不喜欢这样的橙子。空气很古怪地凝固起来了，我的呼吸沉重而又刺耳。"不跳了？" 我机械地提问，她的目光开始变得空洞："不跳了。"

橙子一定是世界上舞跳得最好的人了，她的舞姿妖娆得好像晨雾，冰冷得好像冬青，自然得好像精灵，纯美得好像一条遥远、透明、天真的涧溪，令人不敢逼视。

如今她怎么不跳了？我不是责备，也不是惋惜，我是心疼。浪退去了，沙滩切换成白金色。我们的救生圈搁浅了，刚才它们竟没有被冲散。

"给我跳一次舞吧。"

"给你跳一次舞吧。"

我和橙子的声音交织在一起，橙子难得地笑了。她背后是海，是炫目的阳光。光里，她美得像妖精。我几乎看不清她身体流畅的弧度了。

人很少，只有两个女孩。淡漠的浪和发散着凄迷光线的夏天的太阳在参与着这最后一场独舞。这是唯一的，也是最后的节目。

橙子舞蹈时，眼神无比迷离。我静静地看着，她周身散发出柔和的银光，好像一帘薄纱，她变得愈来愈遥远，逐渐透明……

从此，我再没有联系过橙子。尽管我知道，飘在天际的她心里一定还残存着那段与我在一起的时光，我确信，橙子那最后的旋转，将成为我们生命中跳动的美好……

（指导教师：邹群波）

第八部分

骑鹅去旅行

笑笑的眼前是浩瀚的大海，海是蔚蓝蔚蓝的，海边的沙子是金黄金黄的。

笑笑站在柔软的沙滩上，迎着咸咸的海风，他的眼睛湿湿的，脸上露出了胜利的微笑。

——李云娓《陪你去看海》

不一样的快乐

任敏淇

　　小灰狼已经到上学的年龄了。可是，动物学校的绵羊校长却说："你们狼家族凶残狡猾，动物学校是不收狼学生的！"小灰狼伤心极了，一边哭一边向小树林跑去。

　　小灰狼跑着跑着，听见树林里传来"叽叽、叽叽"的叫声。小灰狼东找西找，终于在树丛下发现了一只走丢了的小鸡。小灰狼看四周没有动静，抓起小鸡拔腿就跑。跑了一阵，小灰狼忽然想起绵羊校长的话，又看见鸡妈妈正在围着树丛走来走去，焦急地寻找小鸡，小灰狼的脸顿时变得通红通红的。他低着头向鸡妈妈道歉："对不起，鸡妈妈！是我贪心把小鸡抓走的，我……我……"说着连忙把小鸡放在地上，鸡妈妈不但没有责怪小灰狼，还连声夸奖他是个诚实的孩子。

　　送回了小鸡，小灰狼心里舒畅多了。他蹦蹦跳跳地往前走，看见小绵羊正在收割嫩草，小灰狼说："羊弟弟，让我和你一起割草吧。"小绵羊吓坏了，哆哆嗦嗦地说："你是个大坏蛋，不要过来……"小灰狼赶忙解释："我们狼家族确实干了很多坏事，可是这一次，请你相信我，我真的是来帮你割草的。"小绵羊半信半疑。小灰狼帮助小绵羊割了满满三筐草。小绵羊一家又惊又喜，对小灰狼连连夸奖。

　　"小灰狼，你是好样的！"绵羊校长闻讯赶来对小灰狼说，"小灰狼，祝贺你！现在我正式宣布，你被动物学校录取了！"小灰狼一听，恭恭敬敬地向绵羊校长鞠了一躬，别提有多开心了。善良的小灰狼体会到了不一样的快乐。

陪你去看海

李云娆

倒霉鸭笑笑

在山的旁边，有一个鸭子王国，王国里有一只天生就不能走路、腿不能动的麻鸭子——笑笑，大家都叫他"倒霉鸭"。但他的性格和他的名字一样，很乐观，即使别人叫他倒霉鸭的时候，他也总是笑着答应。

有一天，鸭子王国来了一群旅行者——大雁。他们周游世界，欣赏过大江南北的景色。可对于这些没离开过鸭子王国的臣民来说，外面的世界就像天书一样，问题多又难懂。

"你们看过海吗？"鸭子王国的臣民问。

"当然看过，海蔚蓝蔚蓝的，海边的沙子金黄金黄的。"大雁说。

"去看海很难吗？"

"当然喽，这里靠山，那里是海，我们飞过去都不是很容易呢！"

"我一定要去看海！"笑笑不服气地对大雁喊道。

晚上，笑笑坐着电动轮椅离开了鸭子王国。他决定去看海。

……

神医刀刀

前进的路上总会有意外发生。

笑笑和乐乐下山时，一只秃鹰把笑笑当早点，叼起就飞走了。

突然，秃鹰与笑笑一同摔倒在高压电缆上。"啊——"笑笑触电了，笑笑的腿抽搐了几下，秃鹰却被电死了。

乐乐抱着笑笑跑到医院，神医刀刀说："他受了惊吓，生命没有大问题，只是他的腿好像很糟糕。"

神医刀刀让笑笑躺到床上，"你的腿有治好的希望，但是治疗的过程很痛苦，你能忍受吗？"

"嗯，我能！"笑笑看着奇奇怪怪的仪器有些害怕，但想到自己能站起来，能去看海，他勇敢地点了点头。

终于，在神医刀刀的精心治疗下，笑笑居然能站起来了。

这天，神医刀刀神秘兮兮地对笑笑和乐乐说："我要和你们一起去看海。"

结　局

说走就走，他们迫不及待地上路了。

船带着他们穿过大河，经过大江，停在大海边。

笑笑的眼前是浩瀚的大海，海是蔚蓝蔚蓝的，海边的沙子是金黄金黄的。

笑笑站在柔软的沙滩上，迎着咸咸的海风，他的眼睛湿湿的，脸上露出了胜利的微笑。

兔兔羊日记

刘兆寅

12月9日　星期二　阴天

我叫小羊，外号有两个：兔兔羊和小样，但大家一般都叫我兔兔羊。为什么他们这么叫我呢？因为呀，我的家不知怎么搞的，有一个兔子妈妈和羊爸爸。这是怎么回事呢？唉，说来话长呀！

这些还是我的兔子哥哥——米鲁，背着羊爸爸和兔子妈妈告诉我的。他告诉我，我的妈妈在生我的时候因为难产离开了我。我的羊爸爸不想让我知道这件事，就请了兔子阿姨来当我的妈妈。幸好我跟米鲁感情好，不然他不会告诉我，而我也就永远不会知道这件事了！

也许我的同学就是通过他们的爸爸妈妈知道了这件事，才会叫我兔兔羊的。

12月15日　星期一　大太阳

哈，大太阳呀！真好，我正想晒晒太阳呢。我坐到了河边，欣赏着风景。"啊！要是有一条小船该多好呀！自冬天以来，我一直没有划过船呢。"

这时，我的好朋友亦如猫和珍尼、珍妮兄妹俩驾驶着一艘算得上是航空母舰的大船过来了，我见到这艘船时，眼珠子都快蹦出来了！

亦如猫对我说："你好呀兔兔羊，看今天天气多晴朗，又是森林建立节。学校连寒假一起放，一共是54天。你和我们一起乘船去旅行，好吗？"

我高兴地问："真的吗？"

珍尼、珍妮兄妹俩回答："是真的！而且呀，这次我们的目标不是那种小河呀，小溪呀，这次我们的目标是大海！"

我激动极了，我所居住的这片森林虽然和海洋连在一起，可我从出生到现在还没见过呢；更别说到海上去了！

我高声大喊："我——要——去！"

"看把你乐得！"梅娇鹿说。她是学校的高才生，也是梅花鹿的后代。大海她见过好几次了！而且她最看不起的就是像我这样家长职位低，又没见过世面的动物。

但我不在乎，我只是撇了撇了嘴巴，难得今天好心情。

12月16日　星期二　太阳

我们玩得很开心！我们经过了森林、小溪、摸到了千年榕树，亲眼看到了神圣水龙池，据说那里还住着一条水龙呢！

突然，有动物朝我们大叫救命。我们循声望去，竟是垃圾狗和他的爸爸——邋遢狗，还有垃圾狗的弟弟霉力狗。不过，现在他们好像都变成落水狗了！

我们（除了梅娇鹿）都去救垃圾狗和他的爸爸、弟弟了。可是，该怎么救呢？船上既没小艇，又没救生圈。"嗯，有了！"足智多谋的珍妮想出来一个好办法，"我的哥哥珍尼以前在西部那边的森林当过牛仔，可以让他带上绳子去救垃圾狗他们呀！"

"唔，这可真是个好主意，不过我有一年没当过牛仔了，恐怕不行吧。"珍尼说。

"总要试试看嘛。"亦如猫说。我见这样，也在旁边帮腔："对呀对呀，珍尼。你在森林中学的力气是最大的！甚至比一些上了大学的人力气都要大，对不？"

"话是没错，可……"

"哎呀，还可是什么呀，去啦！拿出你的牛仔气概来！"珍妮把绳子交给了哥哥。

珍尼恢复了自信："好吧，我去试一试，不过失败了你们不要怪我呀。"

"别说这种丧气话嘛，"我说，"你能行的，你忘了上次你用绳子把窃贼嘟嘟和噜噜都给抓到了？"

　　珍尼没说话，他定了定神，拿着绳子朝垃圾狗他们走过去。只见他把绳子向垃圾狗他们用力一抛，绳子居然套住了邋遢狗和霉力狗，垃圾狗也拽住了绳子！这回呀，不仅是垃圾狗他们上不来了，连珍尼都要掉到海里去了！

　　"快来帮我一把！"珍尼大叫道。

　　"我们快去帮他吧。"珍妮叫道。"嗨哟，嗨哟！"我们费了九牛二虎之力，总算把他们拉上来了。

　　"你们也应该减减肥了，垃圾狗。"上气不接下气的珍尼说。

　　"哈哈，你们大家看呀，垃圾狗居然脸红了！"我说。

　　"哈哈，哈哈，真的耶！哈哈！"我们大家都笑了。梅娇鹿也笑了。

　　经过这次的经历，我们懂得了团结就是力量。梅娇鹿也从此改过自新，成了一个乐于助人的人！

（指导教师：周小玲）

171

教室里有精灵

陈亦昊

"上课了，上课了！"当最后一位同学走进教室时，科学课老师随手关上了门，"今天，我们上课的内容是'腐烂与生命'。"

老师的话音刚落，教室里就弥漫着一股腐烂的气息。班里顿时炸开了锅，大家急忙捂住了嘴巴。

"全体起立！排队！"科学课老师俨然一个指挥官，摆摆手，指向门口，"到教室后面集合！"

在教室后面，有一大片废弃的土地。一个大喇叭状的机器正在等着我们，老师按了机器上的一个按钮。

不可思议的事情发生了——在一片惊呼声中，我们变小了，变成了一个个小精灵！我们的科学课老师也变成了精灵老师！我们身着怪异的服装，手上还拿了一把小铁铲。

精灵老师挥动翅膀说："同学们，向着你面前那段朽木出发！"

小精灵——我，跑向朽木。我发现树干上有许多小孔，我小心翼翼地钻进小孔，发现脚底下软绵绵的，像踩在棉花上一样。

突然，一张又尖又长的嘴巴插了进来，原来是一只啄木鸟，它正在找食物呢。我战战兢兢地探出头，果然，啄木鸟的头上有一簇鲜红的蘑菇。

再过了一会儿，我惊讶地发现：平时看来死气沉沉的朽木里，居然有那么多的生命：花栗鼠一家在睡觉，绿莹莹的甲虫忙着挖隧道，胖乎乎的白蚁贪婪地啃食着木材，蛴螬在躲避着甲虫的攻击……我可不想打扰它们，挥了挥翅膀从它们身边掠过。

"集合了，集合了！"我隐隐约约地听到了精灵老师的声音。小精灵们赶快从树的另一端跑出来了。只见精灵老师纵向一跃，碰到了另一个按钮，我们的身体开始慢慢膨胀起来，咦，怎么又变回原来的样子了？

下课铃响了，老师若无其事地说："今天的'腐烂与生命'就上到这里。下节课我们研究海底的鱼类……"

（指导教师：江映辉）

口袋里的太阳花

莫次焱

在一片美丽的森林里，许许多多的小动物快乐幸福地生活着。每天它们只要不犯错误，就会得到袋鼠妈妈送的太阳花。

咦？小动物们围在那干吗呢？原来袋鼠妈妈又给小动物送太阳花了。袋鼠妈妈会神奇的魔法，她口袋里的太阳花取之不尽，但是，太阳花是不是每一位小动物都会得到呢？不是，袋鼠妈妈只把太阳花分给善良的小动物们。

在森林的远处，一只贪婪的小狼知道了袋鼠妈妈发太阳花的事，心想，我如果得到了所有的太阳花，那就太棒了，我一定要把太阳花弄到手。那只贪婪的小狼偷偷地溜进了森林，趁袋鼠妈妈煮晚餐的时候，溜进她家里，躲在门后。当袋鼠妈妈开始吃晚餐的时候，小狼忽然从门后冲出来，指着袋鼠妈妈，说："快把所有的太阳花交给我！"袋鼠妈妈见是小狼，大惊失色，说："什……什……什么太阳花，我这没有啊。"小狼趾高气扬地说："哟，还狡辩啊，我已经知道你给动物发太阳花的事了。敬酒不吃吃罚酒，看我怎么收拾你。"话音刚落，小狼就跑到了袋鼠妈妈面前，勒住了袋鼠妈妈的脖子，说："给不给？"袋鼠妈妈灵机一动，想出了对付小狼的方法，她怯怯地说："我……给，我……给，你先放了我吧。""嗯，这还差不多。"袋鼠妈妈喘着气从口袋里拿出太阳花——因为她会魔法，想变出多少太阳花都行——袋鼠妈妈给了小狼三百朵太阳花。小狼很满意，拿着太阳花大摇大摆地回了家。

小狼刚回到家，手中的太阳花就变成了一条粗粗的大绳子，紧紧地缠住他，让他动弹不得，直喘粗气。他这下才明白，袋鼠妈妈戏弄了他。小狼大声呼喊"救命"，可喊了半天，嗓子都冒烟了，也没有人来救他。他仍然被绳子紧紧地缠着。

就在这时候，袋鼠妈妈手里拿着一束太阳花，走了过来。小狼见了，紧张地问："你怎么会在这里？"袋鼠妈妈说："我来看看你拿我的太阳花后，过得好不好啊！"小狼说："我知道错了，你救救我吧。"袋鼠妈妈问："这不是你想要的结果吗？"小狼说："我以后再也不偷小动物的东西，再也不做坏人了。"袋鼠妈妈见小狼说得这么诚恳，哭得那么伤心，就念了咒语，绳子松开了，变成了太阳花。小狼惊呆了。

小狼高兴地说："谢谢你！"袋鼠妈妈说："不用谢，噢，对了，我得回去给小动物发太阳花了，我现在也给你太阳花。"她从口袋里掏出十朵太阳花送给了小狼。小狼吞吞吐吐地说："这是……这是……"袋鼠妈妈说："没什么，我答应过，也给你太阳花的。"听完，小狼的泪水流了下来。

袋鼠妈妈回到森林给小动物发了太阳花，小动物们围着袋鼠妈妈唱啊跳啊，欢乐的笑声在森林里久久回荡。

（指导教师：韦小波）

第八部分 骑鹅去旅行

一条出走的鱼

张宇轩

在靠近大海的河口里，碧绿的水草在水中舞动。河岸上一队螃蟹缓慢地爬过沙地，一对透明的小河虾闲散地趴在浅滩上，说着只有它俩才能听得见的悄悄话，水中的泥洞里住着跳跳鱼——波波和它的家族。

波波是它们家族里长得最奇特的，它的胸鳍一个长，一个短，只能在地上爬行。同伴们嘲笑它，叫它"小蜗牛"。可波波一点儿也不自卑。它总爱冒险，认为自己将来一定会做一件了不起的大事。

一天早上，跳跳鱼们跳上岸觅食，小伙伴们津津有味地吃着，只有波波呆呆地望着远处的草地。这时的波波正在想："远处的草地上到底有什么呢？"于是，波波扭头对妈妈说："我要到远处的草地看一看。"妈妈惊讶地说："孩子！从来没有一条鱼能到草地那儿去。"同伴们听见了，都哈哈大笑："'小蜗牛'！你要去草地，可真愚蠢。怪物会吃掉你的！"波波不顾妈妈的劝说，拼命地吸了一大口水含在鳃里，小脸憋得红红的，向远处的草地爬去。

波波费力地用长短不一的胸鳍交替着向前移动，它爬过沙滩，终于来到草地。哇！多么美的地方呀！无数棵绿色的小草伸展着长长的手臂随风摇摆，像伞一样的蘑菇挺直身子咧嘴直笑，好像在迎接波波的到来呢！这时，不远处传来美妙的音乐，波波循着音乐声往前爬。在一块空地上一只长腿蟋蟀欢快地拉着小提琴，旁边一只青蛙在有节奏地敲着鼓。"这儿真有意思！"波波心里想。它们看见了波波，连忙说："过来跳支舞吧！"波波听了，高兴地扭动身子，鱼尾巴拍打着地面，发出"啪啪啪"的声音。蟋蟀和青蛙演奏得更起劲儿啦。

告别了蟋蟀和青蛙，波波继续向前爬。爬了一会儿，突然一只黑色的动物挡在波波面前。波波笑着说："你好！我是跳跳鱼波波。"黑色的动物狞笑着说："我是老鼠，我要吃了你。"波波急中生智，吸了一大口空气，把身子胀得像气球那么大。老鼠吓了一跳，一溜烟儿跑啦。"原来这就是老鼠，真有意思！"波波心里说。

波波继续往前爬，一会儿又听见"呜……呜……"的声音。是谁在哭呢？波波抬头一看，是一只黄色的小鸟在哭泣。波波赶快爬过去问："你为什么哭啊？"小鸟伤心地说："妈妈没回家，我……我渴死啦！"波波看了看小鸟，犹豫了一会儿，还是将自己鳃里的水挤出来，喂给小鸟喝。小鸟大口地把水吞进肚里，随后高兴地说："谢谢你！"波波失去宝贵的水后，感到头昏眼花，皮肤干得要裂开了。它无力地躺在地上晕了过去。不知过了多长时间，波波觉得自己的身子飘起来了，它微微睁开眼睛，看见鸟妈妈叼着它向河口飞去。

鸟妈妈轻轻地将波波放进水里，波波慢慢恢复过来。鸟妈妈感激地说："谢谢你救了我的孩子！"波波快活地摆动着尾巴："不用谢！再见！鸟妈妈！"

同伴们看见波波回来了，惊奇地围着它。波波得意地向它们讲述自己在草地上的见闻……

从此，波波成了跳跳鱼家族的大明星！

（指导教师：张琼）

第八部分 骑鹅去旅行

城市上空的龙

吴钰真

很久以前，在一座名叫哈斯的城市周围，龙和人一样，无处不在，天上飞的、水里游的、地上跑的，各种各样的都有！只不过，龙是生活在城外的森林里，而人生活在城里，人和龙很少往来，但调皮的龙心情不好的时候，就喜欢溜到城里去玩，结果总是把人们吓得魂飞魄散。所以，人们对龙的印象很不好，还十分讨厌它们；龙有时候也受到人们的攻击，为此龙也非常烦恼。

一天，"龙圣会"（也就是龙开的会议）又开始了，火龙说："我认为我们'龙'是神通广大的，所以我觉得……"水龙抢在火龙前面接着说："所以我觉得应该让那些无知的人们看看我们'龙'的威力！"所有的龙对水龙的提议表示赞同，因为它们都认为这绝对是一个非常好玩的游戏。

火龙来到城市的上空，吐出一团团火焰，人们看到滚滚而来的火焰吓坏了，大家都乱成一团……一个眼尖的人看见了火龙，明白了是火龙在捣鬼，大家非常气愤，于是拿起高压水枪直朝火龙射去。火龙看到这幅场景，只好灰溜溜地飞走了。

水龙又上场了，它让天空下起了暴雨，形成的大水冲进城里，很多人都赶紧逃命，可他们大多数人都不会游泳；还好，有人及时打开了城里的地下排水管，把水排走了，不然后果不堪设想！人们纷纷向水龙扔石头，水龙被打得鼻青脸肿，头昏眼花，勉强逃走了。

接下来，电龙也信心满满地来到城里，只见它眼一闭、嘴一张，一道道闪电就争先恐后地劈在城市上空，吓得人们哇哇直叫，以为"世界末日"降临了。人们手忙脚乱地打开避雷针和绝缘器来躲避，要不然不知有多少人要遭殃，人们真是心惊胆战。不过，当城里警察举起火箭炮向电龙射击时，电龙吓得也赶紧闪开了……

因为龙的捣乱，严重地影响了哈斯城人们的生活，哈斯城决定举行一次重大的会议来解决这个问题。会上，人们群情激奋，一致认为，应该组织军队行动起来，把这些可恶的龙消灭掉！

偷偷跑来打听消息的草龙一听，被吓坏了，赶紧把这个消息告诉了他们的首领——霸王龙。霸王龙听到这个消息后非常难过，没想到事情会发展到这样不可收拾的地步！于是，它把所有的龙召集起来商讨对策，它语气沉重地说："要知道，因为我们的捣乱，哈斯城的人们的生活全乱了，我们错在前呀！现在我们龙的灾难来了，大家说怎么办呢？"在场的龙都默不作声，谁也不知道该怎么办。

想了很久，还是最聪明的智龙想出了一个办法，它说："大王，要避免这场灾难，我认为唯一的办法就是我们离开哈斯城！而要这样做，我们只有将所有龙的法力集中在一起，把我们变为一个整体，我们才能离开这座城市！今后，我们还要在需要的时候去帮助哈斯城的人们，只有这样，我们才能度过这场危机。"大家听了智龙的话，都点头表示赞同。于是，它们就运用法力将自己变成了一个全新的模样：鹿的角、鱼的胡须、狮子的尾巴、鹰的爪子、鱼的鳞片。因为集中了所有龙的本领，法力也就更大了：会吐水、火、电、雾、彩虹……

很快，龙就离开了哈斯城，消失在云海中。当哈斯城的人们要去寻找龙的时候，却再也找不到了……时间慢慢过去，人们心里对龙的仇恨也淡忘了，哈斯城又过上了平静的生活。

有一年，哈斯城很久没有下雨，庄稼干得奄奄一息，人们也因为缺水，纷纷昏倒在地。龙看到这一切，决定出手帮助哈斯城的人们，它在天空中吞云吐雾，让哈斯城下起了一场及时雨，人们因此喝上了水，庄稼也都活了过来；在雨后，龙还吐出了一道美丽的彩虹在天上，让人们大开眼界。

还有一年，哈斯城闹起了饥荒，龙看到后，就从别的地方找来很多很多的食物，让肉丸、鸡腿、面包圈、包子、香肠等像雨一样落在哈斯城里……

后来，哈斯城里的人们发现，原来是他们过去最不喜欢的龙在帮助他们，于是大家都很感谢龙的帮助，还把龙当成哈斯城的保护神来崇拜：过元宵节的时候舞起了龙灯，端午节的时候划起了龙船，人们还自发地在家里摆上一些好吃的来祭拜龙。而每当天上出现彩虹的时候，哈斯城的人们就会说，那是龙在向人们微笑着招手呢。

（指导教师：曾薇）

河马胖胖打呼噜

叶楚君

　　动物学校里有一只河马叫胖胖，他每天睡觉都会打呼噜，而且呼噜声特别大，像打雷一样。动物们每天晚上都睡不着觉，导致每个同学上课都无精打采，严重影响了学习。河马胖胖因此感到非常愧疚，也非常苦恼，他常常在心里责怪自己。

　　为了不影响大家，河马胖胖决定离开学校，远离心爱的同学们。于是，在一个漆黑的夜晚，他悄悄地离开了动物学校。他走了很远，还恋恋不舍地回头看一下，一直走到一条小河边。看着奔流湍急的河水，他一边狠狠地捶打自己的鼻子，一边埋怨：该死的鼻子，你为什么老是打呼噜，这该如何是好呀？突然，他想出了一个办法：如果我每天不睡觉，就不会打呼噜了。于是，河马胖胖便不眠不休了。

　　动物学校的同学们发现河马胖胖不见了，都急坏了，马上分成几个小组分头去寻找。他们找遍了树林，找遍了山坡，找遍了小河……到处都没有发现河马胖胖的踪影。直到第七天，在一片不起眼的灌木丛中终于找到了奄奄一息的河马胖胖。大象连忙把他扶起来，小袋鼠喂他喝水，大伙儿都关心地问河马胖胖："你为什么要离开我们呢？"河马胖胖有气无力地说："因为我的呼噜声太大了，影响了你们的睡眠。"河马胖胖话还没说完，就昏了过去。大家都惊慌万分。大象对站在身边的鸵鸟说："你跑得快，赶紧去把知识渊博、医术高明的山羊胡博士请来，他就住在西边树林的实验室里。"鸵鸟飞快地向郊外奔去了。不一会儿，鸵鸟领着胡博士过来了。胡博士赶紧打开药箱，掏出氧气罩，小心地给河马胖胖戴上。他一边帮河马胖胖把脉，一边在认真地思量，然后语重心长地对大伙儿们说："这傻孩子，七天七夜不睡觉，没病都会熬出病来的，如果再晚一点儿，就没得救了，现在只有一个办法，必须去高耸入云的乞力马扎罗山取回七色彩莲才能治好。"大伙儿听了，赶紧穿上厚厚的棉衣、戴上手套，勇敢地往乞力马扎罗山奔去。当他们站在海拔五千多米的乞力马扎罗山山脚下时，都愣住了：这么高，谁能爬上去呢？这时，小松鼠提议："小猴子比较灵活，让他来试试吧！"小猴子二话不说，就往山上爬，可是，还没爬到山腰就掉下来了，动物们都说："这山太陡峭了，该如何是好呢？"正在大伙儿着急万分的时候，一只大鹏鸟飞过来了，问："嗨！怎么这么热闹，是不是发生了什么事？"动物们就把河马胖胖的事简单地告诉了大鹏鸟。大鹏鸟拍拍翅膀，兴奋地说："这事就交给我办好了，这对我来说简直是小菜一碟。"于是，大鹏鸟拍打着翅膀飞上了陡峭的乞力马扎罗山。不一会儿，它嘴里叼着一朵七种颜色的莲花徐徐降落下来。大伙儿欢呼雀跃，纷纷向大鹏鸟道谢。

　　动物们拿着七色彩莲往胡博士的家里飞奔，到了胡博士家，胡博士马上把七色彩莲制成七种药汁，让大家给河马胖胖服用。不一会儿，河马胖胖的眼睛慢慢地睁开了，苍白的脸上也泛出了红光。两个星期后，河马胖胖恢复了健康，动物学校举行了一个盛大的仪式欢迎他重回学校。从此，动物学校里又传来了动物们的欢声笑语。晚上，动物们不再觉得河马胖胖的呼噜声是噪声，而是一首美妙的摇篮曲……